U0480539

한·중 '쥐 혼인' 설화 비교 연구

맹상염 저

민족출판사

차례

머리말 ·· 1

제1장 서론 ·· 1
　1. 연구의 목적 ·· 1
　2. 선행 연구 검토 ·· 4
　3. 연구의 범위 및 방법 ··· 16

제2장 '쥐 혼인' 설화의 연원과 전파 ···························· 21
　1. '쥐 혼인' 설화의 연원 ··· 21
　　1) 『판차탄트라』의 '쥐 혼인' 설화 ························· 24
　　2) 『카타사리트사가라』의 '쥐 혼인' 설화 ············· 39
　2. '쥐 혼인' 설화의 전파 ··· 45
　　1) 문헌에 의한 전파 ·· 46
　　2) 구전에 의한 전파 ·· 49

제3장 한·중 '쥐 혼인' 설화 각편의 유형 ···················· 66
　1. 한국 설화의 각편 유형 ··· 69
　　1) 흥미 유지형 ·· 69
　　2) 세태 풍자형 ·· 73
　2. 중국 설화의 각편 유형 ··· 90
　　1) 흥미 유지형 ·· 90

2) 세태 풍자형 ··· 98
　　3) 민속 유래 설명형 ·· 101

제4장 한·중 '쥐 혼인' 설화의 구조와 의미 ············ 115

　1. 공통 서사단락의 구조적 의미 ························· 117
　　1) 공통 서사단락의 분석 ································· 117
　　2) 구조적 의미 ··· 126

　2. 구혼 대상 화소의 변이와 첨가에 따른 문화적 의미 ·········· 133
　　1) 한국에서의 문화적 의미 ······························ 134
　　2) 중국에서의 문화적 의미 ······························ 144

　3. 혼인 주도 인물에 따른 사회적 의미 ·············· 154
　　1) 전통 사회의 가치 유지 ································ 156
　　2) 자기 주도적 가치 신장 ································ 159

제5장 한·중 '쥐 혼인' 설화의 수용과 활용 ············ 164

　1. 서사 구조의 문학적 수용 ································ 164
　　1) 우언 문학 ··· 165
　　2) 설화 문학 ··· 174

　2. 주제의 실용적 활용 ·· 188
　　1) 아동교육 ··· 188
　　2) 문학 치료 ··· 204

제6장 비교 문학 관점에서 본 '쥐 혼인' 설화의 교육적 가치 ····· 210

　1. 비교 문학의 교육적 가치 ································ 211
　2. '쥐 혼인' 설화의 교육적 가치 ························ 213
　　1) 언어적 가치 ·· 213
　　2) 문화적 가치 ·· 214

3) 사상적 가치 ·· 216

제7장 결론 ·· 219

참고 문헌 ·· 228

부록 1 ··· 246

　1. 한국 '쥐 혼인' 설화의 대표 예화 자료 ···································· 246
　　각편 1 ·· 246
　　각편 2 ·· 248
　　각편 3 ·· 251
　　각편 4 ·· 253
　　각편 6 ·· 259
　　각편 7 ·· 261
　　각편 13 ·· 266

　2. 중국 '쥐 혼인' 설화의 대표 예화 자료 ···································· 269
　　각편 2 ·· 269
　　각편 9 ·· 272
　　각편 14 ·· 273

부록 2 ··· 276

차례 3

머리말

이 책에서 다루는 '쥐 혼인' 설화는 쥐가 자식 또는 자신을 위해 세상에서 가장 훌륭한 결혼 상대를 구하러 다니다가 결국은 같은 동류인 쥐와 결혼한다는 회귀구조를 가지고 있는 형식담이다. 이 설화는 한국뿐만 아니라 중국, 인도, 일본, 더 나아가 유럽에서까지 발견될 정도로 널리 퍼져 있다. 본고에서는 세계적으로 널리 분포되어 있는 '쥐 혼인' 설화 특히 중국과 한국의 것을 수집, 분류하고 비교 연구를 하였다.

문헌으로 보면 '쥐 혼인' 설화는 제일 앞서 인도의 대설화집인 『판차탄트라(Pancatantra)』와 『카타사리트사가라(Kathasaritsagara)』에서 발견되므로 제2장에서는 이 두 작품에 수록된 '쥐 혼인' 설화에 대해 분석해 보고 이 설화의 전파에 대해서 고찰하였다. 분석한 결과 '쥐 혼인' 설화는 인도에서 출발하여 중국을 거쳐 한국에 전파되었으리라는 결론을 내렸다.

　제3장에서는 서술자의 서사의도와 각각 가지고 있는 주제에 따라 한국과 중국의 '쥐 혼인' 설화를 유형화하였다. 한국과 중국 두 나라 각편들의 양상을 살펴보면 한국은 '쥐 혼인' 설화가 가지고 있는 풍자성에 대해 더 큰 관심을 가지고 있었던 것으로 보인다. 그 반면에 중국에서는 이 설화가 가지고 있는 풍자성에 대해서도 관심을 가지고 있지만, '쥐 혼인' 설화의 주인공인 '쥐'라는 소재에 착안하여 그 민속적 의미를 더 중요시하였다.

　제4장에서는 먼저 '쥐 혼인' 설화가 가지고 있는 공통적인 서사단락을 도출하고 그 구조적 의미에 대해서 분석하였다. 그다음은 이 공통 서사단락을 기반으로 한·중 '쥐 혼인' 설화가 중국과 한국으로 전승되면서 발생한 주요 요소의 변이 양상을 살펴보았다. 이러한 변이에는 지역의 생태적, 문화적 차이가 중요하게 작용한다는 것을 유의하면서 그러한 변이에 따른 사회적 의미에 대해서도 같이 고찰하였다.

　제5장에서는 구조 면에서나 주제 면에서 이 설화가 한·중

양국에서 어떻게 수용되고 활용되는지 검토하였다. 먼저 각 수용 작품의 내용을 분석하고 '쥐 혼인' 설화와 비교함으로써, '쥐 혼인' 설화와 각 작품 간의 주제의식과 변용상황을 고찰하였다. 그리고 다양한 시각에서 '쥐 혼인' 설화가 지니는 성격과 의미를 파악하였다. 그다음에, 현대에 제시되는 아동 교육과 문학치료 두 가지 면에서 '쥐 혼인' 설화의 활용에 대해 논의하였다.

제6장에서는 한・중 양국에 널리 퍼져 있는 '쥐 혼인' 설화를 중심으로 비교 문학 관점에서 교육 특히 한국어 교육에서의 가치를 연구해 보았다. 이를 통해 한국어 학습자가 언어적 기초와 다문화적 의사소통 능력을 효과적으로 향상시킬 수 있는 방법을 모색하였다.

이상의 연구를 통해 한국과 중국에서 전승되고 있는 '쥐 혼인' 설화에 대해 나름의 기준을 통해 분류하고 그 변이 양상과 의미를 살펴보았다. 특히 '쥐 혼인' 설화의 전승 양상에서 끝내지 않고 그의 현대적 수용과 활용에까지 접근해 보았다. 이러한 고찰은 기존의 '쥐 혼인' 설화 연구에서 거의 다뤄지지 않았을 뿐만 아니라 '쥐 혼인' 설화에 대한 새로운 의미를 천착했다는 점에서 그 의의를 찾을 수 있다.

제1장 서론

1. 연구의 목적

본고에서 다루려는 '쥐 혼인' 설화[1]는 쥐가 자식 또는 자신을 위해 세상에서 가장 훌륭한 결혼 상대를 구하러 다니다가 결국은 같은 동류인 쥐와 결혼한다는 회귀구조를 가지고 있는 형식담[2]이다. 이 설화는 한국뿐만 아니라 중국, 인도,

---

[1] 민족 및 지역에 따라 이 이야기는 흔히 「두더지 신랑 고르기」, 「쥐의 혼인」, 「두더지의 혼인」, 「두더지 사위」, 「쥐의 사위 삼기」, 「쥐가 딸을 시집보내다」, 「쥐가 시집가다」 등 다양한 제목으로 전승되지만, 본고에서는 서술의 편리를 위해 '쥐 혼인' 설화로 통일하였다.

[2] 형식담이란 최소한의 실재적인 이야기를 가지고 있고, 단순한 중심 사건이 이야기의 패턴을 이루는 토대가 되는 이야기를 의미한다. 이것을 형식담이라고 하는 것은 그 패턴이 사건 때문이 아니라 구술 형식 때문인데 이 형식은 어떤 종류의 틀로 이루어진 경우도 있고, 때로는 누적담을 이루는 여러 단어의 특이한 집합으로 된 것도 있다. 그리고 그 효과는 본질적으로 흥미롭고 유쾌한 것이며 일종의 놀이 양상을 띤다.(김균태, 「'쥐(두더지) 혼인담'의 서사적 의미와 문학치료 활용」, 『문학치료연구』, 제26집, 한국

일본, 더 나아가 유럽에서까지 발견될 정도로 널리 퍼져 있지만, 이 설화가 어디에서 각국으로 전파되었고 어떤 경로로 한·중 양국에 유입되었는지를 본 연구에서 먼저 고찰하고자 한다.

한국과 중국에서 전승되는 '쥐 혼인' 설화의 각편들을 보면 이야기에 등장하는 구혼 대상 화소가 각기 다르게 나타난다. 그리고 서술자가 원래 이야기에 다양한 의미를 부여하여 변이가 일어나기도 한다. 아래에 이러한 변화의 본질은 무엇이며 그 원인은 무엇인지, 또 변이 양상에 반영된 전승자의 의식은 어떠한지를 분석할 것이다.

'쥐 혼인' 설화의 서사 내용은 서술자의 이념적 우의(寓意)를 드러내는 데에 적합한 회귀구조로 되어 있다. 이러한 회귀구조는 한국과 중국의 많은 사람들에 의해 기록 문학과 구전 문학으로 수용되었다. 이러한 작품들의 내용을 분석하고 '쥐 혼인' 설화의 원형과 비교함으로써, '쥐 혼인' 설화와 각 작품 간의 주제의 변용도 고찰할 것이다. 이러한

문학치료학회, 2013:9)

고찰은 기존의 '쥐 혼인' 설화 연구에서 거의 다루어지지 않았던 사항인바, 이를 통해 '쥐 혼인' 설화에 대한 새로운 의미를 천착한다는 의의를 갖게 될 것이다.

현대에 이르러 '쥐 혼인' 설화는 일반 설화집뿐만 아니라 아동교육용 동화집에도 수록되었으며 한국의 교과서에도 이 설화가 수록되는 등 아동교육에도 다양하게 활용되고 있다. 그리고 최근에는 '쥐 혼인' 설화를 통한 문학치료 가능성의 길도 열려졌다.[3] 이렇듯 '쥐 혼인' 설화가 활발하게 활용된 이유는 이 설화가 가지고 있는 회귀구조의 특성이 다양한 영역에서 서술자가 드러내고자 하는 의도에 따라 변용될 수 있기 때문일 것이다. 곧 '쥐 혼인' 설화는 어떤 관점에서 이해하느냐에 따라 그 기능은 다양하게 나타날 수 있는 것이다. 본 연구는 이러한 관점에서 '쥐 혼인' 설화가 지니는 성격과 의미를 파악하려고 한다.

---

[3] 김균태, 앞의 논문.

2. 선행 연구 검토

　지금까지 한·중 양국의 설화 비교에 대한 연구는 상당히 진척되었다. 하지만 '야래자'형 설화, '범어머니'형 설화, '기로'형 설화, '곶감'형 설화, '두꺼비 보은'형 설화 등의 주요 유형의 설화가 비교적 체계적으로 연구된 것에 반해 비교적 중요한 설화 유형의 하나인 '쥐 혼인' 설화는 아직도 그 연구가 체계적으로 이루어지지 않은 실정이다.

　한국에서 '쥐 혼인' 설화에 대한 연구는 거의 이루어지지 않았다. 우선 강영순[4]은 야담의 우언적 소통을 점검하기 위해 '쥐 혼인' 설화를 주요 연구 대상으로 선택하고 그 이론적 모델과 양상을 고찰하였다. 그는 한국 자료를 중심으로 설화의 영역을 넘어 타 양식으로 전이되어 간다는 점에 착안하여 야담, 문집, 동화 등에서의 설화성과 우언성이라는 두 가지 방향의 서술 태도에 대해서 분석하였다. 그리고

---

[4] 강영순, 「야담의 우언적 소통 고찰」, 한민족어문학회, 『韓民族語文學』 (43), 2003.

그5)는 우의의 다양성을 드러내기 위해 '혼사(사위 고르기)' 소재에 집착하지 않고 '순환오류'라는 논리적 형식에 중점을 두어 유사한 형식담을 함께 고찰하였다.

황인덕6)은 '쥐 혼인' 설화가 인도로부터 전파된 것을 전제하면서 한국, 중국, 인도 세 나라의 비교적인 시각에서 이해하되, 이 설화가 한국과 중국에서 민간 설화로 구전되고 정착되면서 어떤 변이를 보여 주었는지에 주목하였다. 그 가운데 특히 한국에 토착화되어 나간 모습에 유의하였다.

김균태7)는 한국·중국·인도 세 나라에서 전승되고 있는 '쥐 혼인' 설화에 속하는 각편을 살핀 후에 이 설화의 공통 서사가 구술자들이 즐긴 것처럼 단순히 소화의 흥밋거리가 아니라는 것을 서사 구조와 화소들의 속성을 통하여 분석했다. 그는 이 설화가 문학치료의 훌륭한 서사 도구가 될 수 있다는 새로운 견해를 제기하였다.

---

5) 강영순, 「동아시아 순환오류형 형식담의 우언적 소통 비교 연구」, 한민족어문학회, 『韓民族語文學』(45), 2004.
6) 황인덕, 「'두더지 혼인' 설화의 印·中·韓 비교 고찰」, 한국어문교육연구회, 『語文硏究』(48), 2005.
7) 김균태, 앞의 논문.

한편 중국에서는 '쥐 혼인' 설화의 설화적 측면보다는 주로 민속학적 관점에서 더 활발한 연구가 이루어졌다. 그 때문에 설화의 구연 방식과 순환 형식에 대해서는 관심을 덜 기울인 반면, '쥐혼날'과 '노서가녀(老鼠嫁女)'와 같은 민속에 대한 연구가 많이 이루어졌다.8) 본고에서는 민속학적 관점에서

8) 周北川・熊和平,「鄂西故事『老鼠子嫁姑娘』的文化內涵」,『湖北民族學院學報(社會科學版)』, 1997, 15(2):17-18.
王丹,「湖北西部"老鼠嫁女"故事研究」,『中南民族大學學報(人文社會科學版)』, 2008, 28(3):171-174.
李文輝,「關聯視角下的綿竹年畫故事"老鼠嫁女"」,『青年文學』, 2010:123-126.
李文輝・謝濤,「綿竹年畫"老鼠嫁女"中的老鼠形象認知」,『作家雜志』, 2011:184-185.
宋兆麟,「滅鼠, 還是求子:老鼠嫁女年畫剖析」,『西北民族研究』, 2007(55):41-47.
施愛東,「老鼠嫁女的奧秘」,『晚報文萃』, 2009(3):50-51.
汪田明・楊丹,「灘頭年畫"老鼠娶親"的民俗意識」,『株洲工學院學報』, 2006, 20(3):4-5.
馬昌儀,「吳地鼠婚俗信與藝術」,『民間文化論壇』, 1997(4):8-15.
孫發成,「"老鼠嫁女"年畫的意義解讀」,『北京理工大學學報(社會科學版)』, 2008, 10(3):19-22.
何紅一,「人日節與"鼠嫁女"」,『民俗研究』, 2000:86-105.
盛竟淩,「土家織錦"老鼠嫁女"圖紋的意義解讀」,『民族論壇』, 2010:48-49.
江玉祥,「老鼠嫁女:從印度到中國―沿西南絲綢之路進行的文化交流事例之一」,『四川文物』, 2007:61-64.
鄭先興,「論漢代民間的鼠信仰―兼談"老鼠嫁女"的原型及其旨趣」,『寧夏師範學院學報(社會科學版)』, 2011, 32(2):60-65.

연구한 논문보다는 설화적 측면에서 연구한 논문에 대해 주로 살펴본 것이다.

이 유형의 설화에 대한 최초의 관심은 1936년 호회침(胡懷琛)의 『중국고대소설지외국자료(中國古代小說之外國資料)』에서 비롯되는데 그는 이 글에서 '고양이 이름 달기(貓取名)' 설화와 인도 민간이야기의 관계를 처음으로 논술하였다.9) 1948년에 계선림(季羨林)10)은 중국에 있는 '고양이 이름 달기(貓取名)'형 우언의 변천 과정을 연구하였다. 그는 중국의 '고양이 이름 달기'형 우언과 인도의 '쥐 혼인' 설화의 관계를 암시하여, 이후 '쥐 혼인' 설화에 대한 연구에 큰 도움을 주었다. 그는 중국과 인도의 '쥐 혼인' 설화 구조에서 시작하여 중국 '쥐 혼인' 설화가 인도에서 왔다는 합리성을 직접 입증했고, 중국과 일본의 고양이 이름 우화와 인도의 '쥐 혼인' 설화가 순환적인 서사 구조를 띠고 있고 중국과 인도의 이야기에 구름이라는 물상이 자주 반복되어 인도가 이 우화

---

9) 鍾敬文, 『鍾敬文文集(民間文藝學卷)』, 合肥:安徽教育出版社, 2002:662.
10) 季羨林, "貓名"寓言的演變 (상해의 《申報》 1948년 4월 24일자에 발표), 『比較文學與民間文學』, 北京:北京大學出版社, 1991:72-77.

의 고향일 가능성이 높다는 점을 근거로 들었다. 그 이후로 계선림이 설명하는 순환 구조는 공식적으로 '쥐 혼인' 설화의 인도 기원 이론에 대한 중요한 논증 근거이자 판단 기준이 되었다.

1991년 종경문(鍾敬文)11)은 중일 이야기의 유형을 비교한 논문「중일 민담 비교 범설」을 발표했으며 학자 호회침과 계선림의 연구에도 응답했다. 그는 이 글에서 인도 이야기가 중국의 민담에 큰 영향을 미쳤다는 호회침과 계선림의 견해를 긍정했다. 이런 기초 위에서, 그는 '쥐 혼인' 설화의 발생학적 문제에 대해 더욱 깊이 토의했다. 그리고 순환 설화의 기원은 인도에서 이루어졌고, 후대에 전해지는 과정에서 약간의 변이가 있었지만, 주체의 구조는 변하지 않았다고 보고, 이를 근거로 '쥐 혼인' 설화의 인도 기원론이 완전히 성립되었다고 보고 있다. 그러나 '고양이 이름 달기' 이야기의 주인공이 쥐가 아니라는 점에 대해 종경문은 계선림과 다른 견해를 제시하며 그 원인을 단순히 민화의 가변성으로 돌릴 수

---

11) 鍾敬文,『鍾敬文自選集』, 北京: 首都师范大学出版社, 2008: 361-364.

없다고 주장했다.

이어 종경문12)은 중국과 일본에 전승되어 있는 '쥐 혼인' 설화를 서녀택서식(鼠女擇婿式), 이묘명명식(異貓命名式) 두 가지 유형으로 나누어 고찰하고 비교하였다. 그는 중국과 일본의 '쥐 혼인' 설화가 인도의 영향을 받았다는 것을 강조하였으며, 일본의 '쥐 혼인' 설화는 중국에서 전해졌다고 하였다. 그리고 중·일 양국 '쥐 혼인' 설화를 비교함으로써, 중국 설화에서 나타난 '불실기진(不失其眞)'과 일본 설화에서 나타난 '일본제일대장군(日本第一大將軍)'에 반영된 두 나라 민중들의 전통 관념을 분석하였다.

마창의(馬昌儀)13)는 '쥐 혼인' 설화에 대해 문학적, 민속적으로 깊은 연구를 진행하며 독특한 견해를 발표하였다. 그는 중국의 '쥐 혼인' 설화를 민속형(民俗型)과 초혼형(招婚型) 두 가지 유형으로 분류하였고, 중국의 초혼형 '쥐 혼인' 이야기를 인도의 '쥐 혼인' 이야기와 비교하여 이야기에 등장

---

12) 鍾敬文,「中日老鼠嫁女型故事的比較」,『鍾敬文文集(民間文藝學卷)』, 合肥:安徽教育出版社, 2002:661.
13) 馬昌儀,「中國鼠婚故事類型研究」,『民俗研究』, 1997(43):60-71.

하는 초혼 대상자와 그 독특한 순환식 서사 구조가 인도에서 유래하였음을 인정하였다. 그리고 그는 중국 '쥐 혼인' 설화에 있어서 초혼은 다만 민속형 이야기에서 부가한 이야기 화소일 뿐, 기본 스토리는 여전히 민속형이라고 강조하며, 민속형은 중국 '쥐 혼인' 설화의 원형이라고 주장하였다. 마창의는 중국에서 전해지는 '쥐 혼인' 설화 중 순환적인 서사 구조를 가진 이야기는 그 일부에 불과하다고 생각했다. 또한, 중국 본토의 쥐 문화는 깊은 전통을 가지고 있으며 이러한 조건에서 '쥐 혼인' 설화의 출처를 단순히 외국으로 돌리고 중국 본토에서 발생할 가능성을 부인하는 것은 불합리하다고 하였다.

강범(江帆)[14]은 중국의 '쥐 혼인' 설화를 AT[15] 2031형과 민속형 두 가지 유형으로 나누어 유형별로 예화를 제시하였다. 그리고 중국 '노서가녀' 민속을 통해 쥐에 대한 중국인들의 다중적 심리를 분석하였다. 인도 설화와의 비교를 통해

---

14) 江帆,「意趣多端鼠嫁女:"老鼠嫁女"故事解析」,『中國民間故事類型研究』, 武漢:華中師範大學出版社, 2002:66-76.
15) 아르네 톰슨에 의한 유형 분류이다.

서 중국 AT2031형 '쥐 혼인' 설화는 단지 민속형 '쥐 혼인' 설화의 파생 유형일 뿐이라고 주장하였다.

주북천(周北川)16)은 '쥐 혼인' 설화를 서녀택서(鼠女擇婿), 고양이 이름 달기(異貓命名), 명절식(節日式) 세 가지 유형으로 분류하였다. 그리고 그 안에 잠재되어 있는 민속 심리와 내포하여 있는 의식을 발굴하고, 쥐 혼인 이야기가 장기간 전승된 이유에 대해 해석하였다. 그는 못생겼다고 소문난 쥐도 어릿광대로서 행복한 결혼 생활을 즐기고 있으며, 아름다운 삶에 대한 욕구와 이상을 상징적으로 표현해 더욱 우스꽝스럽고 재미있게 하여 미적 감각을 가질 수 있도록 하였다는 견해를 제시했다. 쥐의 못생긴 모양과 다른 동물 캐릭터 및 예술적 역동성은 강한 대조를 이루며 스토리에 희극미를 더한다고 지적했다.

이관복(李官福)17)은 『고려대장경(高麗大藏經)』을 중심으

---

16) 周北川,「"老鼠嫁女"故事的歷史文化內涵」,『黃淮學刊(哲學社會科學版)』, 1998, 14(4):47-51.
17) 李官福,「佛經故事對朝鮮古代敍事文學的影響硏究:以高麗大藏經爲中心」, 延邊大學博士學位論文, 2003:96-103.

로 불경 이야기가 조선 고대 서사 문학에 주는 영향을 연구하는 과정에서 한국·중국·인도·일본 네 나라에 공통적으로 전승되고 있는 '쥐 혼인' 설화를 고찰하였다. 그는 '쥐 혼인' 설화가 인도의 불경『고려대장경』제11권에 속한『육도집경(六度集經)』의 권4「미란경(彌蘭經)」이야기 구조와 비슷하게 구성되어 있으며 인도의 대설화집에서도 발견되었으므로 '쥐 혼인' 설화가 인도에서 발생하여 불경의 전파와 함께 중국, 한국 및 일본으로 건너갔다고 결론을 내렸다.

황양염(黃陽豔)[18]은 '노서가녀' 이야기가 여러 나라에 전승되어 있고, 불교가 유입된 모든 지역에 '노서가녀' 이야기는 존재할 것이라고 추측하였다. 그는 쥐가 사위를 고르는 패턴으로 된 이야기만 전형적인 AT2031 유형에 속한 것이고, 중국에서 전승되고 있는 대부분의 비순환식(非循環式) '노서가녀' 이야기는 AT2031 유형에 속하지 않고 무유형(無類型)적인 풍속 전설이며 '노서취친(老鼠娶親)' 이란 속신제일(俗信祭日)의 유래에 대한 설명 설화라고 하였다. 그는 논

---

[18] 黃陽豔,「"老鼠嫁女"故事及其相關習俗的文化內涵」,『湖北民族學院學報(哲學社會科學版)』, 2006, 24(1):69-73.

문에서 중국 각 지역의 '노서가녀' 풍속에 대해 소개하고 그 풍속들 속에서 볼 수 있는 쥐에 대한 민중들의 심리를 분석하는 데 중점을 두었다.

진려주(陳麗珠)[19]는 '쥐 혼인' 설화의 기원과 전승 양상을 살피고 이 설화가 가지고 있는 함축적 의미에 대해서 분석하였다. 그리고 그는 설화에서 극본으로 형성된 과정을 분석하였다. 그는 '쥐 혼인' 설화의 극(劇)으로서의 특수한 공연 형식에 대해 탐구하였고 아동극으로 된 '쥐 혼인' 설화가 민간설화를 재현하는 방법에 대해 설명하였다.

김일산(金日山)[20]은 역사 지리학적 방법을 바탕으로 '쥐 혼인' 설화가 인도, 중국, 한국, 일본, 동남아, 중동 및 유럽 등지에서 전파, 변이되는 양상을 수집, 정리하였다. 그는 문헌 기재상 이 계통의 설화가 인도에서 가장 일찍 나타났으므로 현전하는 자료를 중심으로 볼 때, 그 발단은 인도로부터 시작해서 일부는 중국을 거쳐 한국 및 일본으로 전파된 것이

---

19) 陳麗珠, 「民間故事粉墨登場:以『老鼠娶親』兒童劇爲例」, 臺灣臺東大學碩士學位論文, 2006.

20) 金日山, 「『老鼠嫁女』故事硏究」, 延邊大學碩士學位論文, 2005.

라 볼 수 있지만, 페르시아, 아랍반도를 거쳐 그리스에 이르러 유럽 전역에 전파되었을 수도 있다는 결론을 도출하였다. 그리고 한국, 중국, 인도 및 일본에서 전승되고 있는 '쥐 혼인' 설화의 체계적인 분석을 통해 이 설화가 전승, 변이되던 시기의 민족 문화 심리를 분석하였다.

주정미(朱婧薇)[21]는 학자들이 90년 동안 진행한 중국 '쥐 혼인' 설화에 대한 연구들을 돌이켜 보았다. 이 90년의 연구 과정에서 학자들은 '인도 기원론'의 징크스를 풀고 더 이상 동일한 유형의 이야기가 출처라는 가설을 고수하지 않았으며 중국이 독립적으로 '쥐 혼인' 이야기를 만들 가능성을 제기했다고 지적했다. 이러한 성과는 모두 학자들이 탐구한 발자취를 기록한 연구의 길에 하나둘씩 세워진 이정표와 같다고 했고 이와 동시에 학자들이 아무리 많은 자료를 보충해도 표본을 다 써서는 안된다고 지적했다. 따라서 도출된 결론은 특정 범위에서만 유효할 수 있으며, 이는 중국의 쥐 혼인 이야기 연구 과정에서의 큰 아쉬움이자 역사·지리학파의 단

---

21) 朱婧薇,「中国鼠婚故事研究90年」,『民俗研究』, 2019(2):99-108.

점이기도 하다고 지적했다.

일본 학자 野村純一22)는 비교 전설의 관점에서 연구하였다. 그는 일본의 '신선전설'과 '쥐 혼인' 설화의 유사성을 분석하여, '쥐 혼인' 설화가 '신선전설'보다 일찍 일본에 정착했다고 주장하였다. 그리고 한국, 중국 및 일본에 전승되어 있는 '쥐 혼인' 설화와 인도 우언집인 『판차탄트라』에 있는 '쥐 혼인' 설화를 제시하여, 그 유사성을 보여 주었지만 서로 간의 선후 관계를 정확하게 판단하지 못하였다. 그는 「"老鼠娶親"的 東漸北上:中日民間故事比較研究」23)라는 논문에서 일본에서 전승되고 있는 4편, 한국 1편, 중국 3편의 '쥐 혼인' 설화를 소개하며 비교하였다. 그는 이 유형의 설화가 인도에서 발생하여 중국을 거쳐 한국과 일본에 전파되었다고 주장하였다.24)

---

22) 野村純一,「關於神仙傳說與日本民間故事老鼠嫁女:比較傳說方法」,『中國耿村國際學術討論會論文集』, 1991:143-156.

23) 賈慧萱,『中日民俗的異同和交流』, 北京:北京大學出版社, 1993:33.

24) 일본 학계에서는 20세기 초, 중엽부터 '쥐 혼인' 설화에 대한 연구를 시작하였는데 百田彌榮子의 논문「作爲俗信產物的"鼠的出嫁"」에서는 南方熊楠, 松村武雄, 大島達彦 등 일본 학자들의 연구 업적이 소개되었다. (鍾敬文,『鍾敬文文集(民間文藝學卷)』, 安徽教育出版社, 2002:662) 일본에서의 연구는 크게 문화 전파론과 유형론으로 대별된다. 인도의 설화가 중국을 거쳐 일본으로 동진(東進)하였다고 했고 유형적으로는 천민들의 상승

위 연구들이 본 책에서 이 유형 설화의 전체적인 개관을 하는 데 상당히 도움이 되는 것은 사실이나, 아쉬운 것은 설화 작품을 중심으로 한 상호 간의 차이점을 분석적이고 체계적으로 다루지 못하고 있다는 점이다. 그리고 현대에 들어와서 '쥐 혼인' 설화의 수용과 활용에 대한 연구도 거의 이루어지지 못했다. 본고는 바로 이런 미비점을 보완하려는 관심에서 착수하여 기초 선행 연구의 성과를 수용, 검토하면서 논의를 전개하고자 한다.

3. 연구의 범위 및 방법

전승 방식을 기준으로 설화를 유형화하면 크게 구전 설화와 문헌 설화로 나뉜다. 구전 설화의 향유층은 문자 활용 능력이 없는 평민층이었고 문헌 설화의 경우는 문자 이해를 필수 요건으로 하는 양반 식자층이었다.[25] '쥐 혼인' 설화에 대

욕구를 단념시키려는 계도(啓導)적 교육설화라고 해석했다.[강영순.동아시아 순환오류형 형식담의 우언적 소통 비교연구」, 한민족어문학회, 『韓民族語文學』, 2004(45):485-486]

25) 이동준, 「황진이 설화의 문학적 연구」, 한국어문학회, 『語文學』, 1997(60):436.

해 더 세부적으로 분석하기 위하여 본고에서는 구전 설화와 문헌 설화 모두를 논의의 대상으로 삼기로 한다.

중국에서는 '쥐 혼인' 모티브가 여러 가지 형식으로 표현되고 있다. 산문 형식으로 된 설화, 운문 형식으로 된 서사가요, 그리고 문인들이 '쥐 혼인'을 제재로 하여 창작한 작품들도 있다. 그뿐만 아니라 민간 속신(쥐혼날), 각 종류의 민간 예술품[세화, 전지(剪紙), 우편, 태피스트리, 석각, 벽화 등], 심지어 중국 전통극에서도 '쥐 혼인' 모티브를 발견할 수 있다. 그래서인지 중국에는 서사 내용이 완전히 다르면서도 '쥐 혼인' 모티브로 구성되어 있는 설화가 많다.26)

본고에서는 '쥐 혼인' 설화의 범주를 '쥐가 세상에서 가장 훌륭한 결혼 상대를 구하러 다니다가 결국은 쥐를 결혼 상대로 선택한다는 회귀구조를 가지고 있는 형식담'으로 정한다. 본고에서는 '쥐 혼인' 설화에 속하는 각편을 한국과 중국의 설화 그리고 인도의 설화에서 찾아 정리하고 분석할 것이다. 한・중 주요 텍스트는 '쥐 혼인' 설화가 실려 있는 모든 문헌

---

26) 쥐해는 육십갑자의 첫 시작이란 점에서 중요시된 것으로 보인다.

을 망라하는 것을 원칙으로 하되 특히 『韓國口碑文學大系』와 『中國民間故事集成』을 비롯한 각종 구비 설화집을 주된 텍스트로 삼을 것이다. 그리고 인도 텍스트는 설화집 『판차탄트라』와 『카타사리트사가라』에 수록된 2편의 '쥐 혼인' 설화를 연구 대상으로 삼는다.

  설화를 연구하는 방법으로는 발생이나 전파를 연구하는 역사·지리학적 연구 방법, 분포 상태나 자료 수집 상황을 연구하는 현지 조사 방법, 등장인물의 갈등 양상이나 유형 등의 심리적인 면을 연구하는 심리학적·정신분석학적 연구 방법, 설화의 구조적 특성을 밝혀내는 구조주의적 방법, 설화 전승 집단의 의식을 고찰하는 민속사회학적 방법 등이 있다. 그러나 하나의 특정적인 방법론만 이용하여 설화를 연구하는 것은 자칫 설화 문학의 원모습을 훼손할 우려가 있으므로 여러 방법들을 유기적으로 활용하여야 할 것이다. 따라서 본 연구는 역사·지리학적 방법과 구조주의적 방법을 바탕으로 하고 민속학적 관점의 연구 방법을 보조적으로 사용하여 '쥐 혼인' 설화에 대한 종합적인 연구를 시도할 것이다.

제2장 '쥐 혼인' 설화의 연원과 전파에서는 먼저 이제까지 중시되어 온 이 설화의 기원이 인도라는 근거를 분명히 확인하는 것과 함께, 처음 영향을 준 인도 자료의 본디 모습과 자료적 특징에 주목한다. 인도 설화집 『판차탄트라』와 『카타사리트사가라』에 수록된 '쥐 혼인' 설화를 살피고 그것이 지니는 설화로서의 성격을 분명하게 드러내고자 한다. 그다음으로 문헌 전파와 구비 전파 두 가지 면에서 '쥐 설화'의 전파 경로에 관해 탐구해 볼 것이다.

제3장 '쥐 혼인' 설화 각편의 유형에서는 더욱 다각적이고 심도 있는 성과를 구축하기 위해 자료를 유형화하여 그 다양한 층위를 통시적 관점에서 이해하고자 한다. 한국과 중국에서 올바르게 접근할 수 있는 자료들을 유형별로 분류한 다음 각편들의 양상을 살펴볼 것이다. 이러한 과정을 통해서 '쥐 혼인' 설화가 중국과 한국에서 어떻게 받아들여졌는지, 그리고 어떤 변화가 생겼는지를 파악하고자 한다.

제4장에서는 '쥐 혼인' 설화의 구조와 의미를 고찰하고자 한다. 한·중 양국 자료들의 상호 지속성과 차이점을 드러

내는 데 주안점을 두고 문제에 접근해 보고자 한다. 먼저 제3장에서 검토한 내용을 토대로 한·중 '쥐 혼인' 설화의 공통 서사단락을 추출하고 이 공통 서사단락의 구조적 특성을 고찰할 것이다. 그리고 '쥐 혼인' 설화가 인도에서 중국으로, 다시 중국에서 한국으로 전승되면서 발생한 주요 요소의 변이 양상을 좀 더 분명하게 드러내고자 한다. 이러한 변이에는 지역의 생태적, 문화적 차이가 중요하게 작용한다는 것을 유의하면서 그러한 변이에 따른 사회적 의미에 대해서도 같이 살펴볼 것이다.

  제5장에서는 구조 면에서나 주제 면에서 이 설화가 한·중 양국에서 어떻게 수용되고 활용되는지 검토하고자 한다. 먼저 각 수용 작품의 내용을 분석하고 '쥐 혼인' 설화와 비교함으로써, '쥐 혼인' 설화와 각 작품 간의 주제의식과 변용 상황을 고찰한다. 그리고 다양한 시각에서 '쥐 혼인' 설화가 지니는 성격과 의미를 파악할 것이다. 그다음에, 현대에 제시되는 아동교육과 문학치료 두 가지 면에서 '쥐 혼인' 설화의 활용에 대해 논의하고자 한다.

제2장 '쥐 혼인' 설화의 연원과 전파

1. '쥐 혼인' 설화의 연원

 설화 연구자 특히 비교 연구자에게 있어서 가장 먼저 고려해야 하는 점은 설화의 연원을 추정하는 일이라 하겠다. '서로 다른 나라에서 제각기 전승되고 있는 유사한 설화가 어디에서 시작되었는가?' 하는 문제는 19세기 이래 설화 연구자들의 주요 관심사의 하나였다. 독일의 언어학자 그림(Grimm) 형제의 인구기원설(Indo-European theory), 쿤(Adalbert Kuhn)과 막스 뮐러(Max Müller)로 대표되는 자연신화학파(mythological school), 독일 사스크리트(Sanskrit) 연구자인 벤파이(Theodor Benfey)의 인도기원설(Indianist theory)을 비롯하여 타일러(Edward B.

Tylor)와 랭(Andrew Lang)으로 대표되는 인류학파의 다원발생설(Polygenesis), 그리고 아르네(Aame. A)와 크론 (Krohn. K) 등을 비롯한 역사·지리학파(Historie-geographie school), 또한 심리학파(psychological school)와 제의학파 (ritual school)의 전파설 등은 이 같은 의문을 해결하고자 한 시도였다.27) 이러한 여러 학설들은 부분적이기는 하지만, 실증적인 논거를 세우는 데 큰 공헌을 하였다.

앞에서도 언급하였지만 '쥐 혼인' 설화는 국제적으로 널리 분포된, 세계의 광포설화이다. 그러한 '쥐 혼인' 설화의 유사성을 단지 인류 공통의 원시적 사고·신앙·공상에서 비롯된 결과로 설명할 수만은 없을 듯하다. 전 세계적인 분포를 가진 '쥐 혼인' 설화에 대하여 인도 기원의 관점에 선 연구는 이미 이른 시기에서부터 시작되었다.28) 본고에서는

---

27) 이에 대해서는 成耆說(「傳播論」,『民譚學槪論』, 서울:一潮閣, 1982:76-89) 에 잘 정리되어 있다.

28) 松村武雄,「'鼠の嫁入'說話硏究」,『東洋學芸誌』, 1932, 23(406):466.
野村純一,「老鼠娶親の道」,『昔話傳說硏究』, 1987(13).
立石展二,「日中鼠の嫁入り比較硏究」,『說話伝乘學』, 1999(7):82.
季羨林,「"貓名"寓言的演變」,『比較文學與民間文學』, 北京:北京大學出版社, 1991:73.

선행 연구를 받아들여, '쥐 혼인' 설화의 기원이 인도일 가능성을 전제하여 논의하고자 한다. 이 설화는 구전으로 전승되기도 하고 문헌으로 기록되어 오늘날까지 전승되기도 했다. '쥐 혼인' 설화는 구체적인 발생 시기를 정확하게 알 수는 없지만 문헌으로 보면 인도의 대설화집인 『판차탄트라(pancatantra)』29)와 『카타사리트사가라

劉守華, 『比較故事學論考』, 哈尔濱:黑龍江人民出版社, 2003:176.
鍾敬文, 『鍾敬文文集(民間文藝學卷)』, 合肥:安徽教育出版社, 2002:661.
金日山, 「"老鼠嫁女"故事研究」, 延邊大學碩士學位論文, 2005.
황인덕, 「'두더지 혼인' 설화의 印·中·韓 비교고찰」, 『語文研究』, 2005(48).

29) 산스크리트어의 '판차'는 다섯, '탄트라'는 원칙, 학설, 규정, 규칙, 책 또는 책의 장(章)을 뜻한다. 『판차탄트라』의 원본은 오랜 옛날에 없어졌으나, 현재는 200여 종 이상의 다양한 이본(異本)들이 존재하고 있으며 이미 60여 개의 언어로 번역되었다. 그 내용과 형식은 동서 여러 나라의 설화 문학에 크나큰 영향을 주었다. 번역본의 번간(繁簡)에 근거하여 '간명본(簡明本)', '수식본(修飾本)', '확대본(擴大本)' 등으로 나눌 수 있다. 중역본(中譯本)으로는 季羨林이 1959년에 산스크리트어로 된 '수식본'에 근거하여 직접 번역한 것이 있다. 한국에서는 서수인이 1996년에 찬드라마니의 영역판을 보고 다시 한국어로 번역하였다. 한국의 초역은 판디트 비쉬누 샤르마가 짓고, 찬드라마니 영역, 서수인이 옮긴 것이다. 한역본은 영역본을 다시 '2차 번역'한 것이므로, 본고에서 중역본 내용을 주된 것으로 연구하고 한역본을 보조적인 자료로 삼겠다.

(Kathasaritsagara)』[30]에 수록된 것이 최초이다. 여기에서는 이 두 작품을 모두 제시하고 논의하겠다.

1) 『판차탄트라』의 '쥐 혼인' 설화

  문헌 기록을 보면 '쥐 혼인' 설화는 인도의 『판차탄트라』에서 가장 일찍 채록되었다. 『판차탄트라』는 고대 인도의 설화와 격언 등을 엮어 놓은 저자 미상의 우화집으로서 흔히 '다섯 권의 책' 또는 '다섯 편의 이야기'라 일컫기도 한다. 이 책은 인간을 이해하는 법, 믿고 의지할 만한 벗을 찾는 법, 기지와 지혜로써 난관에 대처해 나가는 법 등 인생살이의 온갖 위선과 속임수에 대처하면서 평화롭고 조화로운 삶을 꾸려 갈 수 있는 방법을 제시하고 있다. 철학, 심리학, 정치학, 음악, 천문학, 인간관계 등이 한데 어우러진 특별하면서

---

[30] 『카타사리트사가라』는 11세기경(1063~81)에 카슈미르의 시인 소마데바(Somadeva)가 편성한 고대 인도의 산스크리트어(語) 운문으로 되어 있는 설화집이다. 『카타사리트사가라』는 인도 고대에서부터 전승되는 이야기들을 모았으며 지금까지 보존되어 있는 책 중에서 가장 큰 민간 이야기의 집성이다. 18권(卷)으로 나누어, 124장(章)이 있고 2만 1,500송(頌)의 시구로 구성되어 있다.(李光熙, 『世界文藝大辭典』, 1983:945)

도 희귀한 책이라 할 수 있다.『판차탄트라』의 전체적인 틀은 '쓸모없는' 자식을 가진 아마라샥티(Amarasakti) 왕이 그들의 마음을 깨우치기 위해 학식이 풍부한 브라민31)인 판디트 비쉬누 샤르마에게 도움을 청하는 형식을 취하고 있다. 브라민은 왕자들을 6개월 안에 깨우치기로 약속하고 그의 '아슈라마(암자)'로 데려간다. 거기에서 그는 인생을 슬기롭게 살아가는 법을 가르치기 위해 대중들이 만들어 놓은 우언과 동화들을 소재로 삼아 이 다섯 편32)으로 된 이야기

---

31) 브라민(Brahmin): 인도의 주요 네 계급 중의 하나. 아리안 족이 침입한 후의 인도 사회는 국가 통치의 효율을 제고하기 위해 네 갈래 카스트로 나뉘어졌다. 하나의 카스트에 속한 종족은 같은 직업을 가진다. 따라서 특정한 업종으로부터 축적된 경험은 대대로 전수된다. 다음은 인도의 사성 계급에 대한 개괄적인 설명이다.
  — 브라민(Brahmin): 성직자, 학자 등. 가장 상층의 계급이다. 사회인의 교육과 힌두교의 신들에게 기도를 드리는 일을 한다.
  — 크샤트리아(Kshatriyas): 왕족, 귀족, 무사, 장교, 경찰관 등. 사회 제도와 안보를 유지하며 국가를 통치하는 일을 한다.
  — 바이샤(Bhagawan): 농민, 상인, 수공업자 등. 일상 생활용품들의 생산 활동과 관련된 일을 한다.
  — 수드라(Shudras): 잡역, 하인 등. 육체노동과 관련된 일을 한다.
  현대에 들어서 이 카스트 제도는 점차 와해되는 양상을 보이고 있으며 다른 카스트의 직업을 선택하는 데 어떤 제약도 없다.(서수인 역, 앞 책, 1996:17 참조)
32) 각 편마다 다음과 같은 주제들이 설정되어 있다.

를 지었다.33)

『판차탄트라』는 독특한 구조적 특징을 가지고 있다. 이 작품은 큰 이야기에 작은 이야기를 끼워 넣어 이야기가 층층이 연결되는 구조를 가지고 있다. 다시 말하자면 전체 줄거리 속에 내용이 진행되어 가는 도중 설화 등장인물들이 곳곳에서 자기의 말에 대한 예증과 교훈을 목적으로 여러 설화들을 끌어들여 들려준다. 즉, 하나의 이야기를 중심으로 다른 작은 이야기들을 진행하며, 이 큰 이야기가 끝나야만 비로소 설화의 긴 고리가 마무리된다.

'쥐 혼인' 설화는 『판차탄트라』 제3편인 「까마귀와 부엉이의 싸움」에 포함되어 있다. '쥐 혼인' 설화의 출현 배경을 이해하기 위해서 「까마귀와 부엉이의 싸움」의 내용을 먼저 볼 필요가 있다. 옛날 까마귀 왕국이 부엉이 왕국으로부터 수시로 침입을 받아 까마귀 왕국에서 어전 회의를 하였다. 그 결

---

① 벗과 헤어짐 ② 벗을 얻음 ③ 까마귀와 부엉이의 싸움 ④ 얻은 것을 잃음 ⑤ 사려(思慮) 없는 행위
33) 『판차탄트라』, 서수인 역, 대구:태일출판사, 1996.('찬드라마니의 서문' 참조)

과 한 대신이 적국에 첩자로 가기를 자원, 그가 교묘한 계략과 끈질긴 노력으로 적들의 경계심을 풀게 한 뒤 적국의 굴 앞에 나무를 쌓고 불을 질러 끝내 적을 몰살시켜 까마귀 왕국의 원수를 갚는다. 이 설화의 목적은 사람들에게 쉽게 적을 믿지 말라는 교훈을 주는 것이며, 이 큰 설화 속에 17편의 '부속설화'가 긴밀한 고리를 이루며 포함되어 있다. 그 내부 부속 이야기들이 다음과 같이 배치되어 있다.[34]

까마귀 왕인 메가바라나는 대신과 같이 부엉이가 자주 까마귀를 살해하는 일에 대한 대책을 상의하였다. 대신 스티라지비는 다섯 개 이야기를 해 주었다. 앞의 세 이야기는 까마귀와 부엉이가 원수 간이 된 이유에 대한 내용이고, 뒤의 두 이야기는 그가 제의한 대책을 표명한 내용이다. 즉 자기가 부엉이 왕국의 내부에 들어가서 부엉이들의 믿음을 얻은 뒤 일거에 적을 섬멸하겠다는 것이다. 스티라지비가 부엉이 왕국에 들어간 후에, 부엉이 왕은 대신들에게 스티라지비를 쫓아낼까 받아들일까를 물었다. 대신들이 각자 자기의 의견을

---

34) 황인덕, 앞 논문, 2005:304 참조.

털어놓으며 여섯 개의 이야기를 하였다. 락타크샤는 스티라지비의 모략을 꿰뚫어 보아 스티라지비를 내쫓아야 한다고 주장하지만 다른 대신들이 반대하였다. 부엉이 왕이 다른 대신들의 의견에 따라 결정을 내리자 락타크샤는 다시 부엉이 왕을 설득하고자 열두, 열세, 열네 번째의 이야기를 하였다. 대세가 만회할 수 없는 지경에 이르고 눈앞에 화가 닥치자 그는 심복을 불러 모아 열다섯 번째 이야기를 하여 같이 도망가자고 하였다. 락타크샤가 간 후에 스티라지비는 부엉이 왕국의 굴 앞에 나무를 쌓아 불을 질러 끝내 적을 몰살시켜 까마귀 왕국의 원수를 갚았다. 스티라지비는 이 경험을 총괄하기 위하여 열여섯, 열일곱 번째의 이야기를 하였다.35)

「까마귀와 부엉이의 싸움」의 열세 번째 이야기로 기록되어 있는 '쥐 혼인' 설화36)는 어리석은 왕을 깨우치기 위한 비유로 삽입되었다. 이 이야기는 지금 변신하여 자기 무리에 끼

---

35) 李頻,「也談『五卷書』的"連串揷入式"的藝術特點」,『靑海民族學院學報(社會科學版)』, 1998(3):9.
36) 중역본에서는 제목을 달아 놓지 않고 있지만 한역본에서는 열세 번째 이야기 제목을 '암쥐 이야기'로 설정하고 있다.

어 있는 까마귀가 장차 자기 무리에 해를 끼칠 수 있으니 물리쳐야 한다고 간언한 현자의 주장을 부엉이 왕이 듣지 않아 망했다는 것을 들려주는 전후 맥락을 지니고 있다. 즉, 까마귀가 부엉이로 위장하여 살고 있지만 결국 언젠가 자기 본심을 드러내고 부엉이 왕국을 해칠 것이라는 우언적 소통을 의도한 것이다.

그 구체적인 내용은 다음과 같다.

갠지스강가에 있는 암자에 살면서 늘 단식과 고행으로 명상에 잠기는 타파시들은 먹는 것도 풀뿌리와 과일뿐이고, 갠지스강의 물로 목을 축이며 옷도 나무껍질로 만들어 입었다. 이 암자에 사는 성자 야즈나발키야가 신성한 강물에 목욕을 하며 신들에게 기도를 하고 있을 때, 매에 채여 가던 생쥐 한 마리가 손에 떨어졌다. 그는 이 생쥐를 반얀 나뭇잎 위에 올려놓고, 몸을 정화하기 위해 다시 목욕을 한 뒤에 생쥐를 어린 소녀로 변신시켜 암자로 데리고 왔다. 그리고 아내에게 우리에게 자식이 없으니 이 애를 친자식처럼 키우자고 했다.

그 애가 자라 열두 살이 되어 결혼할 나이가 되었을 때 아내는 남편에게 딸을 위해 대책을 세우라고 하였고, 남편은 딸에게 어울리는 신랑감을 찾아 주기로 했다. 그는 딸에게 어울리는 신랑감은 사회적으로나 경제적으로 너무 기울지 않아야 한다고 생각했다. 당시에 현명한 사람들은 딸을 시집보낼 때 일곱 가지 조건을 갖춘 사위를 선택하였는데 그것은 훌륭한 가문, 좋은 성격, 가족 부양 능력, 교육, 재산, 건강한 신체, 적당한 연령이었다.

야즈나발키야는 딸이 반대하지 않는다면 이런 조건에 맞는 신랑감은 라비[해]가 적당하다고 여기고 아내에게 물으니, 아내도 좋다고 했다. 야즈나발키야는 기도와 위력으로 해를 불러 이 애가 당신과 결혼을 원한다면 승낙의 표시로 딸의 손을 잡아 달라고 했다. 그리고 딸에게 "너는 온 세상을 밝게 비춰주는 해를 너의 신랑으로 맞이하겠느냐?"라고 물었다. 그런데 딸은 "그가 성격이 지나치게 화끈해서 부담이 돼요."라고 하면서 다른 신랑감을 구해 달라고 했다. 아버지는 해에게 딸이 별로 탐탁하게 여기지 않으니 당신보다 더 나은 신랑감을 추천해 달라고 했다. 해는 메가[구름]가 자기를 가리면 꼼짝 못한다면서 구름을 추천하였다. 아버지가 구름을 초대하고 딸에게 구름이 어떠한가를 물으니, 너무 검고 차가워서 싫다고 했다. 아버지가 구름에게 더 나은 신랑감을 추천해 달라고 했다. 구름은 자기를 순식간에 쓸어버리는 바유[바람]를 추천했다. 아버지가 바람을 초대하고 딸에게 바람이 어떠한가를 물으니, 변덕이 너무 심해서 결혼할 마음이 없다고 했다. 아버지는 바람에게 더 나은 신랑감을 소개해 달라고 했다. 바람은 산이 버티고 있으면 자기가 마음대로 지나갈 수 없다며 산을 소개했다. 아버지가 산을 초대하고 딸에게 물으니, 딱딱하고 엉덩이가 너무 무거워 싫다고 했다. 아버지는 산에게 더 나은 신랑감을 소개해 달라고 했다. 산은 자기 몸 구석구석 수없이 구멍을 뚫어 놓는 쥐들이 자기보다 월등히 세다고 했다. 아버지가 쥐 왕을 초대하고 딸에게 물으니, 딸은 대왕 쥐를 보는 순간 야릇한 쾌감에 온몸이 떨림을 느껴 천하에 으뜸가는 신랑감이라고 했다. 그리고 결혼하여 가사를 돌보고 종족을 위해 보람 있는 일을 할 수 있게 자신을 빨리 쥐로 둔갑시켜 달라고 했다. 아버지는 명상의 힘으로 딸을 다시 쥐로 되돌려주고 대왕 쥐와 결혼하게 했다.

이 설화의 서사단락을 정리하면 다음과 같다.

① 매에 채여 가던 암쥐가 성자37)의 손에 떨어졌다.
② 성자는 그 생쥐를 어린 소녀로 변신시켜 암자로 데리고 와서 아내와 함께 친자식처럼 키웠다.
③ 딸이 열두 살이 되자, 아내는 남편에게 딸의 혼처를 구할 계획을 세우라고 했다.
④ 아버지는 온 세상을 밝혀 주는 해가 적당하다 여기고 기도와 위력으로 불렀다.
⑤ 딸은 그의 성격이 지나치게 화끈해서 부담이 된다며 다른 신랑감을 구해 달라고 했다.
⑥ 더 나은 신랑감을 부탁하는 아버지의 요구에 해는 구름이 자기를 가리면 꼼짝 못한다며 구름을 추천했고, 이에 아버지가 그를 불렀다.

---

37) 원문에서 '쿨라파티(Kulapati)'로 되어 있다. 고대 인도의 성자이자 철학자인 야즈나발키야 학파의 일원이고, 고대 힌두 교육기관의 장이다. 본고에서는 '성자'로 한다.

⑦ 딸은 구름이 너무 검고 차가워서 싫다며 다른 신랑감을 구해 달라고 했다.

⑧ 더 나은 신랑감을 부탁하는 아버지에게 구름은 순식간에 자기를 쓸어버리는 바람을 추천했고, 이에 아버지가 그를 불렀다.

⑨ 딸은 변덕이 너무 심한 바람이 싫다며 다른 신랑감을 구해 달라고 했다.

⑩ 더 나은 신랑감을 부탁하는 아버지의 요구에 바람은 산이 막고 있으면 마음대로 지나갈 수 없다며 산을 추천했고, 이에 아버지가 산을 불렀다.

⑪ 딸이 산은 딱딱하고 엉덩이가 너무 무거워 싫다며 다른 신랑감을 구해 달라고 했다.

⑫ 더 나은 신랑감을 부탁하는 아버지의 요구에 쥐가 자기 몸에 구멍을 뚫으니 쥐가 더 세다며 산이 쥐를 추천하자, 아버지는 쥐 왕을 불렀다.

⑬ 딸은 대왕 쥐를 보고 야릇한 쾌감에 온몸이 떨림을 느꼈고, 천하에 으뜸가는 신랑감이라며, 결혼하여 가사를 돌보고

종족을 위해 보람 있는 일을 할 수 있게 자신을 빨리 쥐로 둔갑시켜 달라고 아버지에게 말했다.

⑭ 성자는 딸을 다시 쥐로 변신시켜 대왕 쥐와 결혼시켰다.38)

이 이야기는 소녀로 변신한 쥐가 해, 구름, 바람, 산의 결혼 신청을 거절하고 결국은 자신의 동류인 쥐를 남편으로 골랐다는 내용이다.

①~②는 이 이야기의 발단 부분으로 이야기의 시작부터 종교적 색채와 가문에 대한 관념을 짙게 나타내고 있다. 먼저 사건이 일어난 장소인 갠지스강에 대해 알아보면, 갠지스강은 힌두교 신자인 인도인들에게 가장 신성하게 여기는 강으로 히말라야에서 발원한다. 힌두교인들은 이 강물에 목욕재계하면 모든 죄를 면할 수 있으며, 죽은 뒤에 이 강물에 뼛가루를 흘려보내면 극락에 갈 수 있다고 믿고 있다. 성자는 이런 신성한 곳에서 고행의 힘으로 쥐를 소녀로 변신시켜 자

---

38) 김균태, 앞 논문, 2013:13-16참조.

신의 딸로 삼아 잘 키웠다.

③~⑬은 이야기의 전개 부분이다. 딸이 열두살이 되자 성자와 아내는 딸의 혼사에 대해 상의하였는데, 제시된 결혼 상대에 대한 일곱 가지의 조건(훌륭한 가문, 좋은 성격, 가족을 부양한 능력, 교육, 재산, 건강한 신체, 그리고 적당한 연령)을 통해 그 당시 사람들 특히 힌두교인들의 결혼 관념[39]을 알 수 있다. ⑤부터 성자가 딸에게 어울리는 신랑감을 찾아 주는 과정이 나타난다. 이런저런 조건을 따져 본 후에 해부터 구름, 바람, 산, 쥐의 순서로 상대를 지목한다. 앞의 상대에서 그다음의 상대로 가는 과정은 거의 같은 형식이며 성자가 대단한 존재로 여긴 해, 구름, 바람, 산을 차례로 불러온 후 딸의 의사를 묻지만, 딸은 여러 이유를 들어 그 상대를 거절하고 더 좋은 신랑을 구해 달라고 한다.

이야기의 결말 ⑭를 보면 마지막으로 선정되는 결혼 상대

---

[39] 힌두교의 아버지에게는 자식을 자신의 가계에 어울리는 가문의 이성(異性)과 결혼시키는 일이 종교적·사회적 의무였다. 특히 딸은 처녀성과 순종할 것을 요구받는 까닭에 첫 월경(月經) 이전에 시집을 보내는 것을 바람직하게 여겼다.(山崎元一,『인도사회와 신불교 운동』, 전재성·허우성 공역, 광주:웅진출판, 1998:204)

인 쥐는 해, 구름, 바람, 산보다 능력이 더 뛰어난 존재이다. 하지만 이야기 구조에서 벗어나 직접 해거나 구름, 바람과 대적하면 쥐는 절대 이길 수 없는 존재이다. 이야기가 교묘하게 그 상호 관계를 엮어 주제를 드러내었다. 그리고 결혼 상대를 찾는 과정에서 보면, 이야기가 해→구름→바람→산→쥐로 가는 회귀구조로 되어 있다. 쥐도 분명히 부족한 점이 있을 것인데 결혼 상대가 쥐에서 멈추는 이유는 동족이기 때문이다. 그래서 이 이야기에서는 쥐가 더 좋은 신랑을 찾고 싶어서 욕심부리는 것이 아니라, 자기와 어울리는 자를 찾고 싶어서 그러는 것이라고 해석하는 것이 타당할 것이다.

성자는 능력이 아주 뛰어나며 인자한 인물로 등장한다. 성자는 쥐를 소녀로 변신시켜 자신의 친딸처럼 키워 준 후에 딸의 행복을 위하여 결혼 상대까지 찾아 주었다. 그는 해, 구름, 바람, 산, 쥐를 불러올 수 있을 정도로 뛰어난 능력을 가지고 있다. 그리고 결혼 상대를 찾는 과정에서 성자는 계속해서 딸의 의견을 존중해 주었다. 그는 딸의 까다로움에 노하지 않고 오히려 딸의 행복을 바랄 뿐이었다. 마지막에는 십 몇 년 동안 키워 준 것에 대해 아무런 보답도 바라지 않고 딸을 다시 쥐로 되돌려주었다. 전 과정에서 성자는 자신을 위하여 하는 행동이 없었고, 그가 하는 모든 노력은 모두 딸을 위한 것이었다.

쥐는 해, 구름, 바람, 산이 아닌 오직 자신의 동족인 쥐와 결혼하고 싶었다. 아무리 좋은 환경에 있어도 자기의 근본을 잊지 않고 마지막에 되돌아가겠다는 신념을 가지고 있기 때문이다. 어떻게 보면 이것은 칭찬을 받을 만한 일일 것이다. 하지만 다른 관점에서 보면 소녀로 변신된 쥐의 좋지 않은 이미지를 드러내기도 한다. 그는 십 몇 년 동안 부모가 길러 준 은혜에도 불구하고, 부모를 떠나 다시 쥐로 변신시켜 달라고 하였다. 부모에 대한 미련이나 미안한 마음은 전혀 보이지가 않고, 아버지의 마음 역시 이해하지도 않고 이해하려고 하지도 않았다.

이 설화에서 성자는 쥐를 소녀로 변신시킨 후에 아내와 상의하여, 소녀를 딸로 삼았다. 그리고 딸에게 신랑감을 찾아 주는 것도 부부가 상의하여 내린 결정이었다. 사윗감을 찾는 도중에도 성자는 계속 딸의 마음에 대해 물어보았고 딸의 의견을 존중해 주었다. 심지어 마지막으로 성자가 소녀를 다시 쥐로 변신시켜 주는 것도 딸의 의지에 따라 해 주었다. 전체적인 흐름으로 보면 이 설화에서 여자는 가족에서 상당히 높은 지위를 지녔으며 충분한 자율권을 가지고 있음을 알 수 있다. 이 점으로 보아 당시에도 남녀가 평등하며 자유롭게 연애할 수 있고, 자신의 의지대로 결혼 상대를 선택할 수 있었던 사회 현상을 엿볼 수 있다.

이 이야기를 통해 작가는 쥐가 아무리 소녀로 변신한다 하더라도 쥐의 본성은 변하지 않는다는 것을 우리에게 전하고 있다. 즉 사람의 본성은 숨길 수 없고 바뀔 수 없다는 점을 강조하고 있다. 성자는 쥐를 자신의 친딸처럼 십 몇 년이나 키웠지만, 결국 배우자를 구할 때 쥐는 동족인 쥐에게 가장 호감을 보였다. 이로 보아 타고난 본성과 바탕은 변할 수 없다는 것을 표현하고 있다. 이것은 『판차탄트라』에서 '쥐 혼인' 설화를 기술하기 전에 소개한 글에서도 확인할 수 있다.

그런 작은 쥐가 한 마리 있어,
해, 구름, 바람과 산이 되기 싫었어.
그는 다시 자기 원래의 모습을 되찾았어,
자신의 족속을 벗어나기가 참 어렵구나.40)

또한 이 설화의 출현은 인도 고대 사회에서 성행했던 카스트 제도와 연관성이 있을 수도 있다고 생각된다. 카스트 사회에서는 카스트 내혼제가 근본 원칙이었다. 내혼에 관한 규제는 카스트마다 다양하지만 카스트는 원칙적으로 내혼 집단이다. 즉 카스트의 구성원은 자신과 같은 카스트에 속한 사람과 혼인할 의무가 있다. 카스트 제도의 중요한 특징은 자신의 카스트로부터 이탈하지 않으려고 하는 것이다. 그리하여 공통적인 의식을 수행하며, 같은 성을 가진 사람끼리 결혼함으로써 같은 혈통을 가진 조상을 고수한다.41) '쥐 혼인' 설화에서 소녀로 변신한 쥐가 해, 구

---

40) 『五卷書』, 北京:人民文學出版社, 1959:296.(有那麼一只小小的老鼠, 不願意做太陽、雨、風和山; 它恢復了自己本來的面目: 跳出自己的族類, 實在很難。)

41) 한국외국어대학교 외국학종합연구센터, 『세계의 혼인문화』, 한국외국어대학교 출판부, 2005:147.

름, 바람, 산과의 결합을 거절하고 마지막에 동류인 쥐를 선택하는 것은, 어떻게 보면 동족끼리 결합해야 하는 카스트 제도의 속성을 다시 확정해 주는 이야기로 인식할 수도 있다.

2) 『카타사리트사가라』의 '쥐 혼인' 설화

문헌 기록인 『카타사리트사가라』에서도 '쥐 혼인' 설화의 흔적을 발견할 수 있다. 『카타사리트사가라』의 제명(題名)은 "이야기(카타)의 모든 하천(사리트)이 흘러들어간 해양(사가라)"이라는 뜻이며, 『우다야나왕42) 행장기(行狀記)』와 『나라바하나다더 왕자 행장기』를 외곽(外廓) 이야기로 하여 그 안에 350편의 길고 짧은 설화들을 수록하고 있다. 전체 내용은 왕자인 나라바하나다더(那羅婆訶那達多)의 모험담을 중심으로 하나의 기본이 되는 줄거리에 수많은 에피소드를 포함하는 형식으로 되어 있다. 1권은 주로 구나디아가 『브리하트카

---

42) 우전왕(優塡王)은 기원전 6세기경 인도 반사국 왕으로, 신앙심이 깊어 원시 불교 성전을 비롯하여, 후대의 각종 경전에도 그의 전설이 전해지며 많은 인도 문학 작품 속 문예 설화의 중요한 소재가 된다.

타』를 편성하는 연기(緣起)에 대한 내용이고, 제2권과 제3권은 우다야나왕의 두 번의 혼인에 관한 내용이다. 제4권부터 제18권은 주로 우다야나왕의 아들인 나라바하나다더에 관한 내용이다. 이야기는 나라바하나다더의 출생부터 시작하여, 나라바하나다더가 장성한 후에 수번의 취처(娶妻) 행위를 하며, 마지막에 명왕이 되는 과정을 중심으로 이어 가고 있다.[43]

　『카타사리트사가라』의 제10권 제6장에서 '쥐 혼인' 설화의 흔적을 찾을 수 있다. 『카타사리트사가라』제10권의 전체 내용은 주로 왕자 나라바하나다더와 사가디야사(舍格提耶娑)가 인연을 맺는 것을 중심으로 하였다. 나라바하나다더 왕자가 사가디야사에게 첫눈에 반해 사랑에 빠졌다. 한 달 안에 결혼하기로 약속을 하였으나 결혼 전 서로 만날 수가 없었다. 왕자 나라바하나다더가 약혼녀를 그리워하자 대신들이 그를 달래 주려고 날마다 왕자에게 이런저런 교훈성이 있거나 재미있는 이야기를 해 주었다. 시간이 흘러 드디어 결혼 날짜가 되어 왕자와 사가디야사는 결혼을 하였다. 제6장

---

43) [印] 月天, 『故事海選』, 黃寶生・郭良鋆・蔣忠新 譯, 北京:人民文學出版社, 2001, 譯本序 참조.

은 한 대신이 어느 날 밤에 왕자에게 해 준 이야기인데, 그 이야기는 『판차탄트라』의 제3편인 「까마귀와 부엉이의 싸움」 내용과 거의 일치한다. 『카타사리트사가라』에 수록된 '쥐 혼인' 설화의 내용을 정리하면 다음과 같다.

……어느 모니(牟尼)44)가 매의 발밑에서 도망간 생쥐 한 마리를 얻었다. 그는 생쥐를 가엽게 여겨 고행의 힘으로 생쥐를 소녀로 변신시켰다. 소녀가 다 큰 후에 모니는 그녀를 강한 자에게 시집보내려고 하였다. 모니는 해를 불러 "나는 이 소녀를 강한 자에게 시집보내려고 하네. 당신이 그녀와 결혼해 주시오!"라고 하였다. 해는 "구름이 저보다 강합니다. 그는 수시로 저를 가릴 수 있습니다."라고 대답하였다. 모니는 그 말을 들은 후에 해를 놓아주고 구름을 불러 같은 요구를 하였다. 구름이 말하기를, "바람이 저보다 강합니다. 그는 저를 사면팔방으로 흩어 버릴 수 있습니다." 모니는 그 말을 들은 후에 다시 바람을 불러 같은 요구를 하였다. 바람이 말하기를, "산이 저보다 강합니다. 저는 그를 움

---

44) 산스크리트어 牟尼의 음역이다. 불교에서 모니는 성자, 선인, 적막한 자라는 뜻이기도 한다.

직이지 못합니다". 모니는 그 말을 들은 후에 산을 불러 같은 요구를 하였다. 산이 말하기를, "쥐는 저보다 강합니다. 그는 제 몸에 구멍을 뚫을 수 있습니다." 모니는 각 신령의 대답을 차례로 들은 후에, 산림에 있는 쥐 한 마리를 불러, "이 소녀와 결혼해 주시오!"라고 하였다. 쥐는 "그녀가 어떻게 제 굴에 들어갈 수 있는지 보여 주세요."라고 대답하였다. 모니가 말하기를, "그녀를 다시 생쥐의 모습으로 돌아가도록 하는 게 더 좋겠다." 그리하여 모니는 소녀를 다시 생쥐로 변신시켜 그 쥐에게 시집보냈다.45)

전체적인 흐름을 보면 위 이야기는 『판차탄트라』에 있는 '쥐 혼인' 설화의 내용을 축약해서 만들어진 이야기처럼 보인다. 하지만 두 편의 내용을 자세히 비교해 보면, '쥐 혼인' 설화가 시간과 사회 문화의 변화에 따라 변형된 부분이 있다는 것을 발견할 수 있다.

가장 큰 차이는 『판차탄트라』에서는 여자의 의견을 성자가 존중해 주었지만, 『카타사리트사가라』에서는 여자의 의

---

45) [印] 月天, 『故事海選』, 黃寶生·郭良鋆·蔣忠新 譯, 北京:人民文學出版社, 2001:323.

견을 무시하는 형식으로 구성되어 있다는 점이다. 즉, 『판차탄트라』에서는 성자가 아내와 딸의 의견을 존중하는 것으로 보아 당시에는 여성의 사회적 지위가 높았음을 확인할 수 있지만, 『카타사리트사가라』에 있는 '쥐 혼인' 설화를 보면 아내가 등장하지 않고 성자가 사윗감을 찾는 도중에 딸의 의견을 묻지 않았다. 이러한 차이점을 통해 두 시기에 여성의 사회적인 지위가 변하였음을 확인할 수 있었다.

기원전 300년까지 인도 여성들은 사회와 가족 내에서 남성과 대등한 지위를 가지고 있었다. 가정에서 여성은 아내로, 어머니로, 딸로서 존경받았다. 딸의 출산은 환영받았고 여성은 남자와 같은 교육을 받았다. 대체로 16~17세에 결혼했고 배우자 선택에 있어서도 발언권이 있었다.46) 그런데 힌두법이 체계화되면서 가부장의 권한이 강화되어 여성의 지위에 커다란 변동이 생겼다. 여성의 가치는 최하층의 카스트인 수드라와 같은 위치로 떨어졌다. 『카타사리트사가라』에 있는 '쥐 혼인' 설화의 변화도 그 시대의 사회 상황에 맞추어 변이

---

46) 한남제, 「인도의 결혼·가족 제도와 여성의 사회적 지위」, 『社會科學』, 1999(11):43.

된 결과물이라고 할 수 있다.

　따라서 이 두 설화는 완전히 다른 이야기라고 말할 수도 있다. 『판차탄트라』에 있는 '쥐 혼인' 설화의 중심 사상은 아무리 변신했다고 하더라도 원래의 본성은 변하지 않고, 원래 자기가 속하는 종족으로 되돌아가고 싶은 마음 역시 변하지 않을 것이라는 교훈성을 강조하는 것이었다. 하지만 『카타사리트사가라』는 자기의 종족에서 벗어나더라도 나중에 꼭 다시 되돌아가게 될 것이라는 교훈을 전하는 데에 중점을 두었다.

　『판차탄트라』에서 성자가 결혼 상대자를 다시 찾는 계기는 딸이 그들을 마음에 들어 하지 않았기 때문이다. 하지만 『카타사리트사가라』에서 성자가 결혼 상대자를 다시 찾는 것은 선택된 상대자가 자기보다 더 나은 상대가 있다는 이유로 사양했기 때문이다. 이것은 성자의 청혼에 대한 완곡한 거절과 다름이 없다. 마지막에 자기의 동류인 쥐가 청혼을 하여 받아 줄 때에도 동류끼리라야만 결합할 수 있다는 점을 강조하였다.

2. '쥐 혼인' 설화의 전파

설화가 발생지로부터 널리 전파되는 방법은 구전과 문헌에 힘입는 것이다. 구전에 의하여 전파된다는 것은, 이웃한 두 민족에 전승되는 설화가 멀리 격리된 민족의 설화보다 훨씬 근사하다는 사례에서 우선 알 수 있다. 그 전승되는 양식이 모든 방향으로 균일하게 퍼져 간다기보다는 주로 교통로를 따라가면서 이른바 문화의 조류에 따라 움직인다는 것은 쉽게 수긍이 간다. 그것을 크게는 민족의 이동에서부터 작게는 결혼 또는 상인(商人)·어부(漁夫)·수렵가(狩獵家) 때로는 원항선원(遠航船員)에 이르기까지 다양하게 생각할 수 있다. 한편 문헌에 의한 전파도 인정해야 한다. 설화 내용을 기록한 문헌이 각국어로 번역, 간행됨으로써 그 설화들의 전파 그리고 일반화의 촉진제가 된다는 것을 부정할 수가 없기 때문이다.[47] 본고에서는 문헌에 의한 전파와 구전에 의한 전파 두 가지 전파

---

[47] 金烈圭·成耆說·李相日·李符永,『民談學槪論―傳播論에서 構造主義까지』, 서울:一潮閣, 1982:83-84.

방식을 고찰하여 '쥐 혼인' 설화의 전파에 대해 알아볼 것이다.

1) 문헌에 의한 전파

먼저 문헌인 『판차탄트라』에 의한 전파를 알아보겠다. 산스크리트어로 기록된 『판차탄트라』는 5세기 무렵에 중세 페르시아어에 속하는 팔레비어로 번역되어(실전됨), 인도를 벗어나 이웃 국가인 페르시아(이슬람화되기 이전의 이란)에 알려지기 시작하였다. 그리고 570년경에 팔레비어 번역본에서 다시 시리아어로 번역되었는데, 그것이 『칼릴라와 딤나 이야기』이다. 750년경에 페르시아계 무슬림이었던 이븐 알무캇파(Ibn al-Muqaffa)에 의하여 아랍어로 번안되었다. 이 번역본은 『칼릴라와 딤나(Kalila wa Dimna)』라는 제목으로 바뀌어 세상에 널리 알려지게 되었다. 『판차탄트라』는 이렇게 인도에서 페르시아를 거쳐 아랍으로 유입되어, 이베리아반도에 자리를 잡았다. 그 뒤에 이 아랍어 『판차탄트라』인 『칼릴라와 딤나』로부터 여러 언어들로 쓰인 이본(異本)이 탄생하게 되었다. 기원 11세기경에 그리스어로 번역되고,

얼마 지나지 않아 이를 저본으로 히브리어본이 탄생하였다. 1251년에 알폰소 현왕(Alfonso X el Sabio)의 명령에 의하여 스페인어로 번역되기도 하였다. 그리고 13세기 초엽 이탈리아에서 요한 데 카푸아(Johanes de Capua)가 히브리어에서 라틴어로 번역한 『인생의 진로(Directorium vitae humanae)』가 나타나 인도에서 기원한 이 우화집이 본격적으로 유럽 대륙에 알려지기 시작하였다. 14세기에는 포르(A. von Pforr)에 의해 독일어로, 15세기 말에는 페르시아어로(『알바리 스하이리』라는 이름으로 번역되었고, 이는 그 뒤 여러 나라의 언어로 번역된 여러 책의 근원이 된다), 그리고 16세기 중엽에는 노스(Sir Th. North)에 의해 영어로 번역되었다. 지금까지『판차탄트라』는 60여 개의 외국어로 번역, 전파되었다.[48]

---

[48] 黃善子,「『五卷书』与中朝日民间故事比较研究」, 延边大学硕士學位论文, 2008:9-11.
최형원,「중앙아시아의 구비 설화―판차탄트라의 터키와 몽골 전파에 관한 약술」, 한국몽골학회,『몽골학』, 2003:125-126.
백승욱,「스페인 중세문학에 나타난 판차탄트라의 전파와 수용 양상 연구」, 한국외국어대학교 외국문학연구소,『외국문학연구』, 2011, 43:148.
文德守,『世界文藝大辭典』, 광주:成文閣, 1975:2153.

번역본들의 출현 시기와 장소를 볼 때『판차탄트라』의 문
헌 전승은 동쪽에서 서쪽으로 이동되었다는 것을 확인할 수
있다. 중국과 한국에서도『판차탄트라』의 번역본이 나왔는
데 앞에서 살펴본 번역본보다 늦게 나왔다.『판차탄트라』의
중역본은 1959년에 처음으로 나왔는데 바로 계선림이 산스
크리트어로 된 '수식본'에 근거하여 직접 번역한『오권서(五
卷書)』라는 번역본이다. 그리고『판차탄트라』의 한역본(韓
譯本)은 1996년에 되어서야 서수인이 찬드라마니의 영역판
을 보고 다시 한국어로 번역한 것이다.

『판차탄트라』의 중역본과 한역본은 아주 늦은 시기에 나왔
지만 '쥐 혼인' 설화는 한·중 양국에서 이미 일찍이 전승되
어 있었다. 그러므로 한·중 양국에 전승되어 있는 '쥐 혼인'
설화는『판차탄트라』의 전파에 의해 두 나라에 알려진 것이
아니라 다른 방식으로 양국에 들어온 것으로 판단된다. 그렇다
면 인도에서 시작된 이 '쥐 혼인' 설화가 대체 어떤 경로를 거
쳐 두 나라에 널리 알려지게 되었을까? 또 어느 시기에 어떤

李光熙,『世界文藝大辭典』, 서울:瑞音出版社, 1983:993.

사람을 통하여 어떤 방식으로 한·중 양국으로 전파되었을까? 이러한 의문을 염두에 두고 다음 절에서는 한·중 양국에서의 '쥐 혼인' 설화의 전승 양상을 살펴볼 것이다.

2) 구전에 의한 전파

먼저 중국에서의 '쥐 혼인' 설화의 전승 양상을 살펴본다. AT분류 체계에 따른 중국 설화 유형집49)에는 이 설화가 '強中更有強中手(강한 자보다 더 강한 자가 있다)'란 이름으로 분류되어 있다. 이로 보아 '쥐 혼인' 설화는 중국에서 유력한 전승력을 유지하고 있는 설화로 확인된다. 중국에서 '쥐 혼인' 모티브는 여러 가지의 형식으로 표현되고 있다. 산문 형식으로 된 설화, 운문 형식으로 된 서사가요(敍事歌謠), 그리고 문인들이 '쥐 혼인'을 제재로 창작한 작품들도 있다. 그 뿐만 아니라 민간 속신(쥐혼날), 각 종류의 민간 예술품[세화, 전지(剪紙), 우편, 태피스트리, 석각, 벽화 등], 그리고 중국

---

49) [美]丁乃通,『中國民間故事類型索引』, 郑建成 等译, 北京:中國民間文藝出版社, 1986:208.

전통극에서도 '쥐 혼인' 모티브를 발견할 수 있다.

중국 민간에서는 '쥐 혼인' 설화가 「쥐가 딸을 시집보내다(老鼠嫁女)」, 「쥐가 장가들다(老鼠娶親)」, 「쥐 사위 고르기(老鼠找女婿)」 등 여러 이름으로 전승되어 있다. 필자는 지금까지 중국의 구비 설화로 수록되어 있는 '쥐 혼인' 설화 23편을 확인하였다. 이를 표로 정리하면 다음과 같다.

번호	제목	출처	채록시기
1	「老鼠找女婿」	『中國民間故事全書(吉林・前郭爾羅斯卷)』, 水利水電出版社, 2009:503	1980
2	「老鼠嫁女」	『民間文學』, 民间文学杂志社, 1981: 80-81	1981
3	「正月十七鼠成親」	『襄陽民間故事』, 湖北襄陽縣文化館, 呂玉成, 1983:211-213	1983
4	「老鼠嫁女」	『中國民間故事集成・黑龍江卷』, 2005:1176-1177	1985
5	「耗子嫁女」	『中國民間故事集成・遼寧卷』, 1994:944	1986
6	「老鼠嫁女」	『中國民間故事集成・湖南卷』, 2002:512	1986
7	「老鼠嫁女」	『中國民間故事集成・河北卷』, 2003:446	1987
8	「老鼠子嫁姑娘」	『中國民間故事集成・湖北卷』, 1999:338-339	1987

(앞표의 계속)

9	「耗子嫁姑娘」	『中國民間故事集成・貴州卷』, 2003:573-574	1987
10	「老鼠攀親」	『中國民間故事集成・海南卷』, 2002:588-589	1987
11	「耗子嫁囡」	『中國民間故事集成・浙江卷』, 1997:870	1987
12	「耗子嫁女」	『中國民間故事集成・四川卷(上冊)』, 1998:677	1987
13	「老鼠揀女婿」	『中國歌謠集成・江蘇卷』, 中國ISBN中心, 張良學口述, 1998	1987
14	「老鼠嫁女」	『中國民間故事全書(河南・澠池卷)』, 白庚勝, 知識產權出版社, 2009:104	1988
15	「老鼠子嫁姑娘〉	『鄂西民間故事集』, 中國民間文藝出版社, 黃光曙講述, 1989:332-333	1989
16	「鼠媽媽選婿」	『邯鄲地區故事卷(中冊)』, 中國民間文藝出版社, 1989:427-428	1989
17	「老鼠嫁太陽」	『佤族民間故事選』, 尚仲豪, 上海文藝出版社, 1989:389	1989
18	「鼠王選婿」	『中國民間故事全集(第11冊)』, 陳慶浩・王秋桂主編, 遠流出版事業公司, 1989:511	1989
19	「鼠美人」	『中國民間故事全集第(39冊)』, 陳慶浩・王秋桂, 台灣 遠流出版, 1989:296	1989
20	「耗子嫁女」	刘仙钰, 『中國民間故事集成・四川卷(遂寧市卷)』, 文化藝術出版社	1990
21	「老鼠做新娘」	『中國民間故事集成・福建卷(建陽縣分卷)』, 1991:382	1991
22	「老鼠娶親」	『中國文物報』, 1996-02-18(4), 王樹村	1996
23	「老鼠嫁女」	『中國民間故事集成・安徽卷』, 2008:1229	2008

〈표 1〉 중국 '쥐 혼인' 설화 자료 목록

위의 자료들을 보면 중국은 구비 설화집에는 '쥐 혼인' 설화가 많이 수록되어 있지만 문헌에는 보이지 않는다는 특징이 있다. 이 점으로 보아 '쥐 혼인' 설화는 주로 중국 민간의 평민들에 의해 여러 지역에서 전승되었다고 말할 수 있다.

분포도를 보면 '쥐 혼인' 설화는 중국 운남(雲南), 사천(四川), 하남(河南), 하북(河北), 강소(江蘇), 절강(浙江), 요녕(遼寧), 길림(吉林), 흑룡강(黑龍江) 등 많은 지역에 전승되어 있어 전국적으로 아주 광범위하게 분포되어 있음을 알 수 있다. 인도와 접경하고 있는 서장(西藏)에서는 '쥐 혼인' 설화가 발견되지 않았지만 서장에서「로야화호(老爺畫虎)」50)라는 설화가 전승되는 것으로 보아 분명 '쥐 혼인' 설화가 서장에서 전승되었을 것으로 판단할 수 있다.

중국에서 전승되고 있는 '쥐 혼인' 설화의 각편을 살펴보면

---

50)「老爺畫虎」,中国民间文学集成全国编辑委员会,『中國民間故事集成・西藏卷』, 北京:中國ISBN中心, 2001:991-992.
    이 설화를 보면 이야기 뒷부분에서 등장 화소가 현령→대성(大聖)→바람→벽→쥐 순서로 되어 있다. 비록 '쥐 혼인' 설화와 다소 차이가 있지만, '쥐 혼인' 설화의 영향을 받아서 생긴 새로운 이야기라고 말하는 것이 무리가 아닐 것이다.

그중에는 완전히 인도 설화와 거의 유사한 사례도 찾을 수 있다. 그 줄거리를 정리하면 다음과 같다.

법술을 아는 노인이 매에게 잡혀가는 생쥐가 불쌍해서 구해 주었다. 생쥐가 딸이 되어서 은혜를 갚겠다고 하자, 노인은 법술로 생쥐를 소녀로 변신시켰다. 소녀가 된 생쥐는 자기가 예쁘고 똑똑하다고 여겨 권세 있는 남편을 찾고 싶었다. 노인은 하늘에 있는 해가 제일 권세가 있다고 생각하여, 해에게 찾아가서 당신이 가장 존귀하니 자기 딸을 부인으로 삼아 달라고 하였다. 해는 구름이 자신을 가리면 누구에게도 보이지 않으니 구름의 권세가 가장 강하다고 하였다. 노인은 다시 구름을 찾아가서 해도 당신을 무서워하니 내 사위가 되어 달라고 하였다. 구름은 바람이 불면 자기는 사라지기 때문에 바람을 찾아가라고 하였다. 노인은 바람에게 가서 내 사위가 되어 달라고 하였다. 바람은 벽이 막으면 자기는 지나갈 수 없다며 벽에게 가라고 하였다. 노인은 벽에게 가서 당신이 가장 강하니 딸을 시집보내고 싶다고 하였다. 벽은 쥐가 구멍을 뚫으면 자기는 서 있지 못한다고 하였다. 노인은 딸에게 "너도

들었지? 쥐가 가장 권세 있는 자이니 쥐와 결혼하라."라고 하였다. 딸은 쥐구멍이 너무 작아서 들어갈 수 없다고 하였다. 노인은 법술로 딸을 다시 쥐로 변신시켜 주었다. 생쥐는 구멍을 보자 바로 들어갔다. 노인은 "쥐는 어디까지나 쥐이다!"라고 감탄하였다.51)

　이야기 전반적인 내용을 보면 인도 전승 유형과 많이 비슷하다. 차이점으로는 주요 등장인물의 하나인 성자가 '법술을 아는 노인'으로 변한 것과 바람에게 간 후에 산에게 가는 것이 아니고 벽에게 갔다는 것이다. 그리고 이 설화에서 노인이 마지막에 더 붙인 말("쥐는 어디까지나 쥐이다!")를 통해 서술자가 이 이야기를 어떻게 이해하고 받아들였는지에 대해 알 수 있다. 즉 위의 이야기는 인도 설화가 가지고 있는 교훈성에서 크게 벗어나지 않고 '사람의 본성은 바뀔 수가 없다'라는 것을 알려 준다. 이 유형의 설화는 중국의 사천, 호북(湖北), 해남(海南) 지역에서만 전승되고 있고, 다른 지역에서는 보이지 않는다.

---

51) 陳克勤·符策超,「老鼠攀親」, 中國民間文學集成全國編輯委員會,『中國民間故事集成·海南卷』, 北京:中國ISBN中心, 2002:588-589.

그렇다면 다른 지역에서 전승되고 있는 '쥐 혼인' 설화의 구성은 어떻게 되어 있을까? 비록 결혼 상대를 찾는 과정에서 나타나는 사물이 첨가되기도 하고 바뀌기도 하지만 중국의 다른 지역에서 전승되고 있는 '쥐 혼인' 설화에는 성자가 등장하지 않는다. 중국 귀주(貴州)에서 전승되고 있는 「耗子嫁姑娘(쥐가 딸을 시집보내다)」을 대표 작품으로 뽑아, 그 주요 내용을 제시하고자 한다.

쥐가 자신의 딸을 능력 있는 자에게 시집보내고 싶었다. 쥐는 해가 능력 있다고 생각하여 해에게 가서 청혼을 했는데, 해는 구름이 자신을 가릴 수 있다고 하였다. 쥐는 구름에게 가서 청혼을 했는데, 구름은 바람이 자신을 휘날릴 수 있다고 하였다. 쥐는 바람에게 가서 청혼을 했는데, 바람은 벽이 자신을 막을 수 있다고 하였다. 쥐는 벽에게 가서 청혼을 했는데, 벽이 쥐가 자기의 몸에 구멍을 뚫어 자기를 무너뜨릴 수 있다고 하였다. 쥐는 "역시 우리 쥐가 능력 있는 자다."라고 말하며 딸을 동류인 쥐에게 시집보냈다.[52]

---

[52] 田兵·潘廷映·張人位,「耗子嫁姑娘」, 中國民間文學集成全國編輯委員會,『中國民間故事集成·貴州卷』, 北京:中國ISBN中心, 2003:573-574.

이 설화의 내용을 인도 '쥐 혼인' 설화와 비교해 보면 인도 '쥐 혼인' 설화의 일부분이 생략되고 '쥐 혼인'의 과정만 제시된 것을 볼 수 있다. 즉, 인도 '쥐 혼인' 설화의 앞부분에 성자가 쥐를 구해 주고 쥐를 소녀로 변신시키는 내용은 사라지고, 사람 대신 쥐를 등장시켜 딸처럼 의인화하였다. 그리고 인도 '쥐 혼인' 설화의 뒷부분에 성자가 다시 소녀를 쥐로 변신시키는 내용도 탈락되었다. 이것은 '쥐 혼인' 설화가 중국으로 전승되면서 인도 설화가 가지고 있는 종교적 색채와 독특한 인도적 특성에서 벗어나, 중국의 사회 문화와 결합하여 중국화된 결과로 볼 수 있다.

다음으로 '쥐 혼인' 설화의 한국에서의 전승 양상을 살펴본다. 한국의 경우 박순임은 『한국구비문학대계』 별책부록(Ⅰ)에서 이 유형의 설화를 '잘되고 못되기'의 분류 체계에서 '좋다가 말기'에 대입시키고, 조희웅은 「쥐(두더지) 혼인」형 설화를 '누적적 형식담' 중에서 '회귀적 특성을 지닌 것'에 배속시켰다. 이것을 통해 '쥐 혼인' 설화의 광포성은 한국에서도 예외가 아니라는 것을 확인할 수 있다. 한국에서는 '쥐 혼인' 이야기가 일찍이 『旬五志(순오지)』, 『效顰雜記(효빈잡기)』, 『於于野談(어우야담)』 등에서 보이기 시작하여, 야담집, 문집, 구비 설화, 속담, 동화, 신문 등에 폭넓게 전승되어 있다. 그리고 '쥐 혼인' 이야기는 보통 「두더지 혼인」, 「두더지 신랑 고르기」, 「쥐의 혼인」, 「쥐와 두더지의 혼사」, 「서혼(鼠婚)」, 「언서혼(鼴鼠婚)」, 「야서혼(野鼠婚)」 등 여러 가지 이름으로 전승되어 있다. 한국에 전승되어 있는 '쥐 혼인' 설화의 각편을 정리하면 다음과 같다.

번호	제목	출처	전승지	채록시기
1	「鼴鼠婚姻」	『泰村先生文集』卷4 效嚬雜記上, 高尙顔 (1553—1623)		조선중기
2		『於于野談』, 柳夢寅 (1559—1623)		조선중기
3	「野鼠婚」	『旬五志』, 洪萬宗 (1643—1725)		1678
4	「鼢鼠說」	『百一集』, 심익운 (1734—미상)		

(앞표의 계속)

5		『溪鴨漫錄』		조선 말기
6		『夢遊野談』卷3, 李遇駿 (1801—1867)		조선 말기
7	「老鼠擇婿」	『奇觀』, 서울대소장 필사본		
8	「두더지 사위」	『임석재전집(8)』, 임석재, 평민사, 1987:327	全羅北道 全州郡 全州邑	1932
9	「두더지 사위」	『임석재전집(10)』, 임석재, 평민사, 1987:344	慶尙南道 巨濟郡 巨濟面	1970
10	「쥐와 두더지의 혼사」	『韓國口碑文學大系 7-4』, 1980:77	경북 성주군 성주읍	1979
11	「두더지 신랑 고르기」	『韓國口碑文學大系 8-1』, 1980:305	경남 거제군 하청면	1979
12	「두더지의 혼인」	『韓國口碑文學大系 8-6』, 1981:53	경남 거창군 북상면	1980
13	「쥐의 혼인」	『韓國口碑文學大系 1-7』, 1982:310	경기 강화군 길상면	1981
14	「쥐의 배필은 두더지」	『韓國口碑文學大系 6-2』, 1981:776	전남 함평군 신광면	1981

(앞표의 계속)

15	「쥐의 혼인」	『한국민담의 세계』, 성기열, 인하대학교, 1982:45		1982
16	「두더지의 혼인」	『서울 民俗大觀―口傳說話 編』, 서울특별시 문화재위원회, 1994:375	서울	1994

<표 2> 한국 '쥐 혼인' 설화 수록

위 자료들을 통해서 '쥐 혼인' 설화는 일찍이 조선 시대부터 이미 한국인들에게 익숙해져 있었고 문헌으로도 기록되어 있음을 알 수 있다. 그리고 오늘날까지도 민중들에게 구전되고 있으며 한국 여러 지역에서 광범위하게 전승되고 있음을 알 수 있다.

현재 필자가 가지고 있는 자료 중에 전승 지역이 확실히 기록되어 있는 것의 분포만 확인해도 '쥐 혼인' 설화가 경기도, 경상남도, 경상북도, 전라남도, 전라북도까지 분포되어 있다는 것을 확인할 수 있다.

특이한 것은 한국 '쥐 혼인' 설화는 수백 년 전의 것과 현전 구전 자료를 비교했을 때 줄거리와 세부 묘사에서 큰 차이가 나타나지 않는 '단일 유형성(單一類型性)'을 보여 주고 있다는 점이다. 그 기본 내용을 정리하면 다음과 같다.

  옛날에 두더지가 아주 예쁜 딸을 두었다. 딸이 결혼할 나이가 되자 두더지는 딸을 제일 대단한 자에게 시집보내고 싶었다. 그래서 하늘의 해에게 청혼을 했다. 해는 낮에는 자신이 세상을 밝게 비추지만 밤에는 달빛만 못하다며 달에게 양보하였다. 달에게 구혼하자 달빛을 다 덮는 것이 구름이므로 자신이 구름만 못하다며 사양하였다. 구름과 약혼하고자 하니 구름은 바람에 떠밀리므로 바람만 못하다고 사양하였다. 바람에게 약혼을 청하자 자신은 들판의 석불을 쓰러뜨리지 못하므로 석불이 자신보다 세다며 양보하였다. 석불에게 청혼을 하자 두더지가 발밑을 파면 자신은 넘어질 수밖에 없으므로 두더지가 더 힘세다고 하면서 사양하였다. 결국 두더지는 두더지와 혼인을 하게 되었다.

  이 기록을 통해서 '쥐 혼인' 이야기는 조선 중기에 이미 널리 퍼져 있었고 속담을 동반하고 있었다는 것을 알 수 있다. 설화 구조를 보면 인도 설화에서 나타난 성자의 등장 내용이 보이지 않고, 더 좋은 결혼 대상을 찾으려고 두더지에서 출발하여 한 바퀴를 돌아다닌 후에 결국 다시 두더지와 결혼하게 되는 회귀 형식으로 구성되어 있다. 이것은 '쥐 혼인' 설화가 한국에 들어오기 전 이미 일부분의 내용이 탈락되어, 핵심 줄거리만 남은 채로 한국에서 전승된 것일 수도 있다. 아니면 한국에 들어오면서 인도 설화가 가지고 있는 종교적 색채와 독특한 인도적 체계에서 벗어나, 한국의 사회 문화와 결합하여 한국화된 결과로도 볼 수 있다. 앞에도 언급하였지만 중국에서 인도의 '쥐 혼인' 설화의 서사 구조를 그대로 따라가는 각편보다는 인도의 핵심 줄거리만 남고 주변 줄거리는 모두 탈락된 형식으로 구성된 각편이 더 많이 전승되고 있었다. 이 점으로 보아 한국에서 전승되는 '쥐 혼인' 설화는 중국으로부터 전해졌을 가능성이 더 크지 않나 생각해 본다.

이러한 의문을 전제하면서, 한국과 중국의 '쥐 혼인' 설화에 대해서 더 깊이 알아보도록 한다. 총체적으로 보면 한·중·인 세 나라의 '쥐 혼인' 설화에서 바람보다 더 높은 존재로 제시되는 것은 인도는 산, 중국은 주로 벽, 한국은 주로 돌미륵이다. 벽은 중국 특유의 문화 기호이고 도처에 널려 있다. 그렇기 때문에 중국의 대부분 '쥐 혼인' 설화에서 바람보다 높은 존재가 산에서 벽으로 바뀐 것은 합당한 것이라고 말할 수 있다. 하지만 한국은 산의 나라라고 할 수 있다. 지형으로 보면 한국은 산지가 국토의 절반 이상을 차지하고 있고 단군 신화에도 상징적으로 표현되었듯이 한국인의 뿌리는 산사람(仙)이고, 한국의 신은 산신이었다. 그래서 한국인과 산은 예로부터 바늘과 실 같은 존재였고 한국인의 삶은 예부터 산과 밀접한 관계를 유지해 왔다. 심지어 삶이 끝난 후에 묻히는 곳도 산이다. 이렇듯 한국 사회에서 산은 군사, 경제, 사회, 문화, 삶의 원형 공간이자 상징이었고 실제적 토대였다. 그럼에도 불구하고 한국의 '쥐 혼인' 설화에서 원 설화에 등장했던 '산'은 '돌미륵'으로 되어 있다. 그 이유가 무엇일까?

한국 '쥐 혼인' 설화의 각편들 내용을 살펴보면 그중에 바람보다 우위에 있는 존재가 '벽'으로 설정된 이야기가 1편(한국설화양식 각편 13) 보인다. 하지만 '산'으로 설정된 이야기는 한 편도 보이지 않는다. 다시 말하면, 한국의 '쥐 혼인' 설화에는 인도의 '쥐 혼인' 설화에서 나타난 '산'은 보이지 않고, 중국 '쥐 혼인' 설화에서 자국화된 화소인 '벽'의 흔적이 남아 있다. 이렇게 보면 '쥐 혼인' 설화가 처음 한국에 들어올 때 그 내용은 이미 인도 '쥐 혼인' 설화에서 벗어나고, 중국에서 자국화된 '쥐 혼인' 설화가 한국으로 유입되었을 가능성이 큰 것으로 보인다.

중국과 인도 양국의 국토는 약 2천 킬로미터의 국경으로 서로 맞닿아 있다. 중국과 인도의 문화 교류는 진(秦) 이전에 이미 시작되었으며, 한·당(漢·唐) 이후 양국 외교 사절의 왕래가 끊이지 않았다. 한무제(漢武帝) 때, 장건(張騫)이 서역에서 돌아와 인도와의 통상을 제안한 것이 중국·인도 교류의 발단이었다. 위진 남북조(魏晉南北朝) 이후, 인도 문화의 유입 규모는 더욱 커졌다. 秦漢 이전의 중국을 순수한 문화 시대라고 한다면, 위진 이후를 혼합 문화의 시대라고 해야 할 것이다. 남북조 시기는 중국 불교의 전성기로, 인도와 서역의 불교도들이 연이어 중국으로 건너왔으며, 중국에서도 서역으로 경전을 구하러 가는 일이 날이 갈수록 늘어났다. 법현(法顯), 구마라십(鳩摩羅什), 의정(義淨) 등은 모두 인도 문화를 전파한 주요 인물들이다. 중국과 인도의 문화를 잇는 데에는 특히 당나라 때 현장(玄奘)의 공이 컸다.53) '쥐 혼인' 설화는 이러한 빈번한 교류 과정에서 중국으로 유입되었을 가능성이 매우 크다.

　조선반도와 중국은 육로가 서로 인접해 있으며, 수로가 서로 연결되어 양국의 문화 교류에 대단히 편리한 조건을 제공했다. 문화의 연원으로 보면, 한국 고대 문화는 한(漢)문화권에 속한다. 고대 한국은 고유 문자가 없었기 때문에 한동안 한자를 사용했다. 15세기 한글이 창제된 이후에도 여전히 문인들은 한문화를 받아들였다. 이것은 한・중 문화 교류에 매우 유리한 조건이 되었다. 구비 서사라는 영역에서 한・중 문화 교류를 언급할 때, 이러한 구조 역시 주의해야 한다. 양국의 민중들은 무역, 학문, 종교, 통혼, 이주 등의 방식으로 긴 시간 동안의 빈번한 교류를 통해 좀 더 편하게 각자의 구비문학을 상대국에 가지고 가서 새로운 환경에 적응하면서

---

53) 大古等,『印度』, 南昌:中華正氣出版社, 1943:74-75.

전승을 계속 이어 갔다. 이러한 예들은 많이 볼 수 있는데, '쥐 혼인' 설화 역시 이러한 예 중의 하나이다. 양국의 사람들은 이러한 빈번하고 긴밀한 왕래 속에서 여러 가지 구두 서사의 교류를 할 수 있었으므로, '쥐 혼인' 설화가 구두 서술 방식으로 한반도에 들어오게 된 것은 분명 필연적인 사실일 것이다.

제3장 한·중 '쥐 혼인' 설화 각편의 유형

　한국에서 구비로 전승되고 있는 '쥐 혼인' 설화들은 대부분 쥐가 더 나은 결혼 상대를 찾으러 돌아다니다가 결국 자기 동류와 결혼하게 된 회귀 형식으로 된 이야기만 묘사하고 있다. 그리고 이야기의 흥미성을 유지하여 하나의 웃음거리만 되어 있다. 이러한 '쥐 혼인' 설화들은 설화적 내용만 충실하게 전달하고 이야기의 흥미성에 초점을 두어 의식적으로 일반적인 삶의 교훈을 더하지 않았다. 한편으로는 '쥐 혼인' 설화가 조선 후기부터 문헌에 기록되어 있으며, 그 각편들을 보면 대체로 설화 자체를 중심으로 하고 서두와 결말 부분의 변화를 통한 강조가 나타난다. 지식인 작가들은 그들의 상황과 관점에 따라 '쥐 혼인' 설화를 통하여 정치나 세태에 대한 날카로운 비판과 풍자 의식을 표출하는 데 힘을 기울였다.

중국의 '쥐 혼인' 설화 각편들은 한국의 '쥐 혼인' 설화 각편들과 비교할 때 더 다양한 유형으로 전승되고 있다. 먼저, 중국에도 한국과 같이 어떤 특별한 목적의식에 의해 변형하지 않고 단순한 웃음거리로 남아 있는 회귀 형식으로 된 각편들이 있다. 그리고 '쥐 혼인' 화소를 유지하며, 거기에다가 고양이를 등장시켜 회귀구조를 타파하고 마지막에 쥐가 고양이에게 잡아먹혀 현장에서 쥐의 탐욕을 징치해 버린 유형이 있다. 이러한 이야기의 서술은 쥐의 비극적인 결말을 통하여 탐욕스러운 무리들을 풍자하고 징치하려는 의도에서 출발했을 것이다. 그 외에 중국에서는 인도 설화의 내용에 민속적인 내용을 추가하여 설화의 교훈성을 감소시키고 '쥐 민속'의 유래에 대한 해석에 힘을 기울인 각편들을 발견할 수 있다. 이러한 유형의 '쥐 혼인' 설화는 한국에서 발견할 수 없는 중국만 가지고 있는 독특한 유형이라고 할 수 있다.

이렇듯 서술자 서사 의식의 다름에 따라 한·중 '쥐 혼인' 설화는 흥미 유지형, 세태 풍자형, 민속 유래 설명형 세 유형으로 나눌 수 있다. 흥미 유지형은 쥐가 자신보다 더 나은 혼처를 찾다가 자기 무리에게로 회귀한 어리석음을 소화의 흥밋거리로 즐기며 일반적 삶의 교훈을 더하지 않는 유형이고, 세태 풍자형은 탐욕스럽고 분수 모르는 쥐의 행동에 초점을 두어 세태를 풍자하는 유형이다. 그리고 민속 유래 설명형은 설화의 주인공인 '쥐'라는 소재에 착안하여 쥐에 관한 민속의 설명에 더 중점을 두는 유형이다. 이처럼 한국의 경우에는 '흥미 유지형'과 '세태 풍자형'으로 나뉘고, 중국의 경우에는 한국보다 유형 하나를 더하여 '흥미 유지형', '세태 풍자형', '민속 유래 설명형' 세 가지로 나누어진다.

　다음으로 한·중 두 나라에서 전승되고 있는 '쥐 혼인' 설화에 대해 유형별로 정리해 보고 특히 인도에서 전해 온 '쥐 혼인' 설화가 두 나라에서 어떤 양상으로 전승되고 있는지, 인도 원형 설화와 비교하면 어떤 변화가 생겼는지에 대해 살펴본다. 그리고 두 나라 사람들이 '쥐 혼인' 설화를 어떻게 인식하고 받아들였는지에 대해서도 같이 밝히고자 한다.

1. 한국 설화의 각편 유형

1) 흥미 유지형

이 유형에 속한 각편들은 거의 모두 한국의 설화집이나 민담집에 수록되어 있는 유화들이다.(각편 8-10, 각편 12-16) 표면적으로 보면 각편들이 거의 다 비슷한 구조와 내용으로 되어 있지만, 혼인의 주도권이 누구에게 있는가에 따라 결혼 상대를 택하는 과정에서 나타나는 화소들이 조금씩 다르게 나타난다.

각편 8, 9는 이야기 시작에서부터 불교적인 내용을 드러내며, 주인공이 살고 있는 곳 역시 명확하게 은진미륵 밑으로 설정되어 있다.

은진미륵 밑이 사는 디지기가 딸 하나 있는디 이 딸로 시상에 질 높고 씬 디다가 시집보낼라꼬 사우감을 골르는 기라. 그래 이래 보이 하늘에 해가 질 높고 씬 것 같아서 그래 하늘에 올라가서 니가 이 시상에 질 높고 씰 거 같으

이 내 사우되라 캤다. ……54)

恩津 미럭 밑이 사년 두더지 내오가 이뿐 딸을 났다. 딸이 하도 이뿌게 생겨서 두더지 내오는 이 이뿐 딸헌티 시상에서 질 가는 사우를 얻어주어야겠다고 맘먹었다. 가만히 살펴봉께 하늘에 있는 해가 질 훌륭헐 것 같어서 해보고 지 사우가 되어돌라고……55)

두 각편의 시작 부분에서 주인공이 생활하고 있는 공간은 은진미륵 밑으로 설정되어 있다. 은진미륵은 충청남도 논산시 은진면 관촉리 관촉사에 있는 고려 시대 최대의 석불 입상이다. 현재 남아 있는 한국의 야외 불상조각 가운데 제일 큰 것들 중의 하나로서 그 높이는 18.12미터에 달한다.56) 이 설화의 배경을 '충청도 은진미륵이 있는 곳'으로 설정한 의도는 이 설화의 배경을 한국으로 설정함으로써 한국적 설화로 윤색하여 한국의 설화 향유층에게 친근감을 주고 싶었기 때문일 것이다.

각편 10과 각편 14는 각각 「쥐와 두더지의 혼사」와 「쥐의

---

54) 임석재, 『임석재전집(10)』, 서울:평민사, 1987:344.
55) 임석재, 『임석재전집(8)』, 서울:평민사, 1987:327.
56) 정태식, 『한국도안문양사전』, 서울:여강출판사, 2001.

배필은 두더지」로 제목이 설정되어 있다. 제목에서 볼 수 있듯이 이 각편들의 주인공은 쥐이고, 결혼 상대를 찾으러 다니는 자도 부모가 아닌 쥐 자신이다. 즉 이 설화에서는 부모가 자식을 이용하여 신분을 상승시키려고 한 것이 아니라 자기가 스스로 신분 상승을 누리려 한다. 그러나 결국은 비슷한 종류인 두더지와 결혼함으로써 신분 상승을 이루지는 못하였다.

각편 11은 기본형과 거의 비슷한 서사 내용으로 되어 있지만, 주인공이 부모가 아니라 쥐로 되어 있다. 각편 13에서는 혼인의 주도권을 쥐 어머니가 가지고 있다. 이런 설정은 한국의 다른 각편에 나타나지 않아, 이 각편이 가진 하나의 특징으로 인식해야 한다. 쥐 어머니는 천하일색으로 낳은 딸을 높은 데로 시집보내려고 해→구름→바람→벽에게 차례로 청혼을 하지만 결국에는 딸을 동류인 쥐에게 시집보낸다. 문헌에서는 쥐가 바람에게 간 다음에 모두 미륵(돌미륵, 석불, 돌부처님, 은진미륵불)에게 간다. 하지만 이 설화에서는 미륵 대신에 벽에게로 가는 것으로 설정되어 있다. 이것은 어떻게 보면 중국 설화와 상당히 유사한 구조로 구성되어 있다. 이에 대한 구체적인 분석은 다음 장에서 진행하도록 한다.

각편 15에서 처음에 선택하는 결혼 상대는 하늘로 되어 있고, 각편 16은 "두더지는 맨날 땅속에서 땅만 파고 아래만 쳐다보며 사니까, 늘 자기 자신에 대해서 불행하게 생각을 하고 자기하고 똑같은 신랑을 만나는 것보다는 좀 멋진 신랑을 만나 보는 것이 소원이었어요. 그런데 자기는 땅만 쳐다보면서 사니까, 가장 위대한 멋진 신랑을 해님으로 생각했어요. 그래 나는 해님과 결혼을 해야 되겠다. 그래서 해님에게 얘기를 했죠……"로 시작하였다. 도입부에서 두더지가 처음 해에게 가는 이유에 대해서 더 적당하게 해석해 주었다. 여기서 두더지가 자기에 대해서 불행하게 생각하는 것은 일종의 변이 형태라고 말할 수 있다. 두더지는 늘 땅속에서만 살기 때문에 어둠의 반대인 밝음을 동경한다. 밝음의 주체는 해이기 때문에 두더지는 해가 제일 우월하다고 생각하여 해에게 가는 것이다. 여기서 주인공인 두더지는 자신이 처해 있는 공간에 대하여 만족하지 못해 남의 능력을 빌어서 자신의 생활 환경을 바꾸려고 한다. 신랑감을 찾아다니는 과정을 보면, 바람에게 간 후 바람의 사양으로 장승에게 가는 모습을 볼 수 있다. 이런 변이는 '쥐 혼인' 설화가 한국에 맞게 자국화된 결과라고 해석할 수 있다.

2) 세태 풍자형

이 유형에 속한 각편은 거의 전부 문헌에 수록되어 있는 각편들이다.(각편 1-7, 각편 11) 고려 후기에 이르러 한문학과 민간문학이 접근되는 문학적 현상이 나타난다. 설화의 기록 문학화 현상은 중요한 문학적 발달 현상이었다.57) 1-7번은 문헌에서 나타난 '쥐 혼인' 설화의 각편들로, 7편의 이야기가 모두 조선 시대에 한문으로 채록되어 있다. 그중에 각편 1, 3, 4, 7에는 각각 「鼠鼠婚姻(언서혼인)」, 「野鼠婚(야서혼)」, 「鼢鼠說(분서설)」, 「老鼠擇婿(노서택서)」라는 제목이 달려 있다. 각편 2, 5, 6에는 제목이 붙여져 있지 않지만 줄을 바꾸어

---

57) 정희자, 「16, 17세기 문헌 설화에 나타난 사회 비판적 성격 고찰」, 『인문학연구』, 2002, 28:89.

서 표시하거나 동그라미 표시를 해 두었기 때문에 하나의 작품임을 쉽게 알 수 있다. 각편의 내용을 살펴보면 주인공은 각각 鼴鼠(각편 1, 5), 鼢鼠(각편 4), 野鼠(각편 2, 3, 6),老鼠(각편 7)로 설정되어 있다. 여기서 '鼴鼠'와 '鼢鼠'는 '두더지'이고, '野鼠'와 '老鼠'는 일반적인 '쥐'인 것으로 보인다.58)

참혹한 전란과 혼탁한 국내 정치 상황 속에서 태동된 16, 17세기 문헌 설화는 구전 설화를 기록하는 단순한 작업에서 벗어나 작가정신이 반영된 문학 작품으로 부상하게 되며, 당시의 시대상을 반영하고 있다. 사대부 문학가들은 외적의 침략과 혼란한 국내 정치의 소용돌이 속에서 국권과 주체 의식의 회복, 비참한 민중의 생활상과 감정을 폭넓게 받아들여 인간 삶에 대한 성찰을 통한 인간 존중 의식을 수용하였다.

---

58) 鼴鼠(언서), 鼢鼠(분서)는 모두 두더지를 칭함. 쥐와 비슷하나 좀 크고 주둥이가 날카로워 땅속을 잘 뚫고 다니는데 특히 '鼢(분)' 글자에 있는 '分(분)'은 '가르다'의 뜻이 있어 앞발로 흙을 갈라 제치고 나아간다는 의미로 쓰여 두더지를 분서라고 부른다.(民衆書林編輯局, 『漢韓大字典』, 파주:民衆書林, 2000:2381)
野鼠(야서)는 집쥐에 대하여 들에 사는 쥐를 총칭한다. 크기, 형태, 생태가 다양하며, 농작물이나 묘목 등에 해를 끼친다. 갈밭쥐, 멧밭쥐, 대륙밭쥐 등이 있다.(김민수·고영근,『국어대사전』, 서울:금성출판사, 1991:823)
老鼠(노서)는 늙은 쥐를 가리킨다.

민간에 떠도는 설화 문학을 단순히 기록하는 과정에서 작가의 날카로운 사회 비판, 풍자 의식을 재창작하는 문학적 승화 과정을 보여 주었다.59) 조선 시기에 기록하게 된 '쥐 혼인' 설화도 기록하는 과정을 지나 정치나 세태에 대한 작가의 날카로운 비판과 풍자 의식이 들어 있다.

'쥐 혼인' 설화가 한국 문헌상으로 처음 보이는 것은 『효빈잡기』60)의 <鼴鼠婚姻(언서혼인)>에서이다. 『효빈잡기』는 조선 중기의 관료문인 고상안(1553-1623)이 30여 년간의 환로(宦路)에서 물러나 초야(草野)에 은거할 때 자신이 견문한 일과 사색의 결과를 자유로운 형식으로 기록한 저술인데, '쥐 혼인' 설화가 여기에 수록되어 있다. 그 줄거리를 소개하면 다음과 같다.

옛날에 두더지가 아주 예쁜 딸을 두어 지상에서는 짝이 될

---

59) 정희자, 「16, 17세기 문헌 설화에 나타난 사회 비판적 성격 고찰」, 『인문학연구』, 2002, 28:90.

60) 『효빈잡기』의 저술 년대를 정확히 알 수는 없으나 그 속에 仁穆大妃 廢出事件과 관련된 기록이 있는 것으로 미루어 작자가 향리에 은거했던 1618년-1623년 사이에 저술된 것으로 볼 수 있다.(김남형, 「태촌 고상안의 『효빈잡기』에 대하여」, 『漢文敎育硏究』, 1996, 10:283-284)

상대가 없다고 여겼다. 그래서 하늘의 해에게 청혼을 하니, 해가 낮에는 밝게 비추지만 밤에는 달빛만 못하다며 달에게 양보했다. 달에게 가서 구혼하자 달빛을 다 덮는 것이 구름이므로 자신이 구름만 못하다며 사양을 했다. 구름에게 가서 자기 딸과 약혼하고자 하니 구름은 바람에 떠밀리므로 바람만 못하다고 사양했다. 다시 바람에게 약혼을 청하자 자신이 석불만은 쓰러뜨리지 못하므로 석불이 자신보다 세다고 했다. 석불에게 매파를 보내자 두더지가 발밑을 파면 자신은 넘어질 수밖에 없으므로 두더지가 더 세다고 하였다. 결국 서둘러 동류인 두더지와 혼인을 하게 되었다. 세상에서 딸을 두고 뜻을 너무 높이 두었다가 결국 비등한 상대로 귀착되는 것을 가리켜 '두더지 혼인'이라고 말한다.

고상안은 '쥐 혼인' 설화에서 딸의 혼인을 이용하여 자기의 신분을 상승시키려는 부모의 욕망과 허영심을 경계하고 안분지족(安分知足)해야 한다는 것을 권면하고 있다. 『효빈잡기』에 수록된 '쥐 혼인' 설화는 구전으로 된 '쥐 혼인' 설화와 비교할 때, 단순한 소화라기보다는 조선 후기 민간의 생활과 세태를 반영하고 있고, 강한 풍자성을 지니고 있다.

16, 17세기 대표적 문헌 설화집이라고 할 수 있는 유몽인의 『어우야담』에 채록된 '쥐 혼인' 설화는 『효빈잡기』에 수록되어 있는 내용과 비슷하지만, 이야기의 전후에 평을 덧붙인 것이 다르다. 작품에서 "예로부터 국혼으로 인해 화가 미친 일은 이루 다 기록할 수가 없다. 이는 두더지가 자기 무리와 혼인하는 것보다 못한 일이니, 무슨 말인가?"[61]로 시작하여, 국혼(國婚)을 선망하는 당대의 특정 무리들을 꼬집는 구체적 우의를 포함하고 있다. 그리고 결말 부분에서 "대저 사람으로 분수를 알지 못하고 감히 국혼을 하여 사치스러움을 마음껏 누리려 하다가 끝내 재앙이 미치게 되었으니 두더지만도 못한 것이리라."[62]라는 의론을 통해, 왕실과 혼인을 맺어 득세의 발판을 마련하려는 특정 무리들을 비난하고 있다. 이 작품에서 가장 큰 의미는 사회 현실을 작

---

[61] 유몽인, 『어우야담』, 신익철 등 역, 파주:돌베개, 2006:64.(古來, 因國婚 嫁禍者, 不可勝記。是不如野鼠之婚與同類也。何者?)

[62] 유몽인, 『어우야담』, 신익철 등 역, 파주:돌베개, 2006:65.(夫人也不自知分, 敢與國婚, 佟然自享, 卒嫁其禍, 曾不野鼠之若乎!)

품에 반영했다는 점이다. 작가 유몽인은 미물인 쥐에 빗대어 인간의 욕심을 비판하고 있으며 그 나름의 풍자 의식을 가미하였다.

『旬五志』는 1678년에 홍만종(洪萬宗)이 편성한 잡록이다. 잡록에서「野鼠婚」을 하나의 속담으로 소개하고 그 뜻을 풀이하면서 배경 설화의 내용을 부기하였다. 결말 부분에 "이것은 처음에 가장 높은 일을 구하다가 필경엔 같은 동류에게로 돌아간다는 것을 비유해서 쓰는 말이다."라고 기록되어 있다. 이 기록을 통해 '야서혼'은 이미 오래전에 설화에서 속담으로의 전환이 이루어졌음을 추측할 수 있다. 일반인에게 익숙하게 알려져 있고 당시에 대표적인 속담으로 기억되고 있었던 것으로 짐작할 수 있다.63)

---

63) 번역본(洪萬宗,『旬五志』, 李民樹 譯, 서울:乙酉文化社, 1971)에서 이야기의 시작 부분인 "野鼠, 欲爲其子, 擇高婚, 初謂: '惟天最尊.' 遂求之於天."을 "두더지 한 마리가 새끼를 칠 때가 되어 혼인을 하고 싶은데 한 번 제일 높은 데 거처하는 자와 혼인을 하고 싶다는 생각이 들었다. 처음 생각을 할 적에 가장 높은 것은 하늘이라 하여 하늘에 청혼을 해 보았다."로 번역되어 있다. 하지만 필자는 그 원문에 대해 다르게 이해하여, 다음과 같이 해석해야 한다고 생각한다. 즉 "두더지가 그 자식을 위해 높은 혼처를 택하고자 했는데, 처음에는 오직 하늘이 가장 높다 해서 하늘에게 혼처를 구했다."로 해석해야 한다.

『百一集』64)의 「鼢鼠說」에서는 심익운이 문장을 짓는 과정에서 이 이야기를 하나의 '예화'로 활용하였다. 전체적으로는 도입부와 결말부의 의론이 더 큰 비중을 차지하나, 그 가운데 '쥐 혼인' 설화를 삽입하였다. 여기서 심익운은 자신의 생애와 학문적 편력을 '쥐 혼인' 설화의 내용과 순환 구조에 대비하여 거론하면서, 결국 문학에 다시 전념할 수밖에 없었던 자신의 처지를 설득력 있게 이야기하였다.65)

조선 말기에 편찬된 편자 미상의 야담집인 『溪鴨漫錄』66)에 수록된 '쥐 혼인' 설화는 『어우야담』에 있는 '쥐 혼인' 이야기의 내용과 거의 일치하므로, 『어우야담』에서 옮겨진 것이라 생각된다. 다만 앞뒤에 채록자 자신의 소감을 구체적으

---

64) 심익운(沈翼雲), 연기(年紀) 미상, 서울대학교 규장각 도서 「奎7339」 참고. 서문을 보면 『百一集』은 작가가 34세 되던 해에 1754년-1767년(34세) 때까지의 작품을 직접 선별하여 엮는 결과물이다. 이 문집은 시집(「百一詩集」)과 문집(「百一文集」) 2책으로 되어 있음.

65) 자세한 분석은 제5장에서 진행하도록 하겠다.

66) 『溪鴨漫錄』은 "奧在甲申年間, 有所三十餘張勝書者, 而緣於事故, 未及了畢。乃於壬辰冬, 了此二卷於月先亭耳。"라는 1권 끝의 기록과 본문 내용으로 보아, 1884년(甲申年)에 일부 착수했다가 1892년(壬申年)에 완성했던 것으로 추정된다.(이우성・임형택 역편, 『이조한문단편집』, 하권, 서울:일조각, 1978:443-444)

로 밝힌 '평'에서 조금 차이가 보인다.『계압만록』의 서두에는 "대범 혼인의 도가 위에서 너무 지나쳐 그것이 집안 재앙의 본보기가 되어 도리어 두더지가 같은 무리와 혼인을 하는 것보다 못한 일이니, 무슨 까닭인가?"라 언급함으로써 앞으로 전개될 이야기를 암시하고 초점을 고정시킨다. 또 결말에 "대저 사람들에게 있어서 어찌 감계가 없을 수가 있겠는가?"[67]라 하여, 사건 전개를 인과적 구도로 만들고 있다. 그러므로 내부 설화는 이러한 액자틀에 구속되어 전개된다.

조선조 말엽까지의 잡다한 사실을 모은『夢遊野談』[68]에서도 '쥐 혼인' 설화의 내용을 발견할 수 있다. 이 작품에서는 먼저 민간에서 전승하고 있었던 '쥐 혼인' 설화를 기술하고

---

67) 著者未詳,『溪鴨漫錄』, 刊地未詳, 刊年未詳, 서울대학교 중앙도서관 소장, pp.23-24.(大凡婚姻之道上之太濫 必有家禍之鑑戒 反不如野鼠之婚於同類 何則? ……夫人也 得無鑑戒乎?)

68) 지금까지 알려진『몽유야담』의 異本으로는 高麗大學校 所藏本, 韓國學中央研究院(舊 韓國精神文化研究院) 所藏本, 嶺南大學校 所藏本, 國史編纂委員會 所藏本, 黃逵顯本, 金庠基本, 李南儀本 모두 7種이다. 본고에서는 원전에 가장 근접한 高麗大學校 所藏本을 참고 자료로 하고,『夢遊野談』권2의「閨範賢哲」항목 아래에 있는 12번째 단락을 '쥐 혼인' 설화의 각편으로 삼는다.

자기의 평론을 가하였다.69) 이 평론을 통하여 이우준은 혼인하는 조건에 대한 자신의 의견을 밝히고 있다. 즉, 혼인하는 두 집안이 걸맞으면 빈부와 상관없이 떳떳할 수 있다는 것이다. 그리고 『몽유야담』의 '쥐 혼인' 설화는 평을 덧붙이는 다른 각편과 비교했을 때 내부 설화에 대한 평론에서 그치지 않고 뒷부분에 실제적인 인물인 李胤錫의 혼인 이야기를 진술하였다.

  우리나라에 윤석(胤錫)이라는 사람이 있어, 옛날에 승지(承旨) 이흥종(李興宗)의 손자이다. 높은 벼슬을 가진 혁혁한 명문대가이다. 하지만 그는 부를 위하여 전무현이라는 병사의 사위가 되었다. 전 씨는 대대로 무가의 집안이었고, 성도 드문 성이었다. 윤석은 본색을 이미 잃어버렸다. 친지 중에 어떤 사람이 시를 지어 그를 기롱하였다. 그대가 전 씨 집안을 취하는 것은 그 집안의 밭 때문이다. 전가는 몇 경의 밭을 떼어 주겠는가. 밭은 비록 신실하고 아름답지만, 네 땅이 아니다. 마음의 밭을 잃지 말아야 진짜 복전이다. 세상 사람들이 이것을 명언으로 하였다.

---

69) 李遇駿, 『夢遊野談』(下), 洪性南 編, 파주:寶庫社, 1994:437. "凡婚娶只要其門當戶對勿論貧富方可得宜(대범 혼취하는 것은 혼인할 남녀의 두 집안이 걸맞은 것이 중요하다. 그러면 빈부를 논하지 않고 떳떳함을 얻을 수 있다.)"

윤석은 땅을 탐내서 전 씨의 사위가 되어 자신의 본색을 잃었는데, 이는 두더지가 처음에 마음먹은 것과 똑같은 것이다. 나중에 두더지는 회심을 했지만, 윤석은 회심하지 않았다. 이우준은 '쥐 혼인' 설화를 가지고 윤석이 부를 취하고자 사위가 된 것에 대해서 비판하였다.

서울대학교에 소장된 저자, 연대 미상의 필사본 『기관(奇觀)』은 작가의 상상력과 문필력을 최대한 발휘하고 있으며 서사적으로 허구적인 내용을 풍부하게 문장에 개입하였다. 여기에 채록된 「老鼠擇婿(노서택서)」 이야기에도 다른 '쥐 혼인' 설화의 각편들보다 허구적 내용이 더 많이 첨가되었다. 시작에서는 먼저 이야기의 주인공인 쥐의 거처에 대해 설명하였고, 이 쥐가 가지고 있는 뛰어난 능력에 대해 묘사하였다. 『기관』의 내용은 다음과 같다.

옛날 우(禹)임금이 산으로 다니던 시절, 백익(伯益)은 우임금을 도와 물을 다스리고 중국 전역을 누비면서 이상한 이야기를 자세히 기록하여 『산해경(山海經)』을 지었는데 그중에 다음과 같은 내용이 있다.

옹주(雍主) 지방에 큰 명산이 하나 있으니 조서산(鳥鼠山)이라고 한다. 산 중에는 두더지, 부엉이가 있는데 함께 신통력을 얻어 변화가 무궁하다. 그들이 교접하여 낳은 것이 모두 박쥐들이다. 그래서 산이 이로 말미암아 그런 이름을 얻었다.

형주(荊州) 남쪽에 8천 년 된 대춘(大椿) 나무 아래 한 늙은 쥐가 살았으니 그 나무와 동갑이었다. 이 늙은 쥐는 오래 살아 신통력이 있었다. 하늘에 오르고 땅에 들어가고 바람을 타고 우레를 몰고 다닐 수 있었다. 자칭 만물의 영장이어서 자기만한 것이 없다고 자부했다.

동해에 큰 구멍이 있으니 '미려(尾閭)'라고 불렀다. 세상의 모든 물이 중국에서는 동해를 향해 가지만 미려로 흘러들어가 없어진다. 만약 미려가 없다면 하늘 아래 모든 뭍이 필시 잠겨 버릴 염려가 있을 것이다. 이 미려는 바로 그 늙은 쥐가 파 놓은 것이다. 늙은 쥐에게는 재모가 출중한 딸 하나가 있었다.……70)

이야기의 시작부터 사람들에게 널리 알려져 있는 우임금, 백익, 산해경, 옹주, 조서산, 형주, 동해의 미려 등을 등장시켜, 이야기에 진실성을 부여하였다. 그리고 이것으로 주인공인 쥐의 놀랄 만한 능력이 확인되었다. 쥐가 자기보다 나은 사위를 구하려다 보니, 옥황상제→구름→바람→은진미

---

70) 윤주필, 『한국 우언산문 선집』, 서울:박이정, 2008:254.

륵불→두더지의 순으로 청혼을 하였다. 이야기에서 청혼 상대들이 이러한 쥐의 행동을 어이없다고 생각하는 것을 읽어낼 수 있으며, 동류와 같이 결혼을 해야 한다는 이치를 강조하였다. 그리고 결말에는 서사 주체인 쥐의 반성71)을 구체적으로 형상화하여 우의를 분명하게 도출한 것72)이 특징적이다. 주인공 쥐는 마지막에 쥐가 아니라 두더지와 혼인을 하는데도 불구하고 '끼리끼리 노는 것이 떳떳한 이치이다.'라고 생각하였다. 이것을 통해, 저자는 쥐와 두더지가 같은 종류에 속한다고 인식하고 있음을 알 수 있다.

위 각편들을 살펴보면 그 각각의 채록 동기나 함의에 크고 작은 편차를 보인다. 물론 그 같은 편차는, 그들이 몸담고 있던 상이한 현실적 처지와 당대의 사회적 분위기 등에서 비롯한 결과일 것이다. 이처럼 사대부들은 민간에 전승되던 설화

---

71) 老鼠聽畢, 自思曰: "類類相從, 理之常, 不如往烏鼠山, 訪鼴鼠求婚之愈也." (늙은 쥐는 듣기를 마친 후 혼자 생각했다. '끼리끼리 노는 것이 떳떳한 이치이다. 조서산(烏鼠山)으로 가서 두더지를 찾아가 청하는 것이 더 낫겠다.') (著者未詳, 『기관(奇觀)』, 서울대 소장 필사본, 刊年未詳)

72) 凡踰而分謀事者, 還其於本, 則俗稱鼠婚。(무릇 자기 분수를 넘어 일을 도모한 자가 자기 본분으로 돌아오면 세속에서 '두더지 혼인'이라 부른다.) (『기관(奇觀)』, 앞의 책)

를 자신의 특별한 의도에 따라 선별적으로 채록하고 그 과정에서 일정한 조작을 가하기도 했다. 채록한 설화를 액자 형식의 문학적 장치를 통해 자신의 입장에 부합하는 방향으로 재해석하는가 하면, 줄거리를 변개시킴으로써 내용의 변화까지 도모했던 것이다.

지금까지 문헌에 기록되어 있는 각편들을 살펴보았다. 그 외에 구비 자료 각편 12도 이 유형에 속한다. 각편 12는 한국 기본형과 비교했을 때 시작에서 "두더지가 둔갑하여 세상에 무서운 것이 없다"는 내용을 첨가하였다. 여기서 둔갑을 하는 이유는 두더지가 하늘에 올라갈 수 있는 초능력을 갖게 하기 위함일 것이다. 어떻게 보면 이 둔갑을 한 두더지는 사회에서 갑자기 부유해진 자이거나 하루아침에 높은 지위에 처하게 된 자를 풍자한 것으로 볼 수도 있다. 짧은 시간에 강한 능력을 가지게 되었기에 무서울 것이 없어지고 자식의 혼처 역시 제일 대단한 자라고 생각했던 자와 결연하려고 한다. 하지만 출신은 변하지 않기 때문에 아무리 '둔갑'했더라도 쥐일 수밖에 없어서 결국 쥐는 자신의 동류인 쥐와 결연해야만

하는 것이다. 결말 부분에 "그래 고마 다시 고만 디디기는 디디기 저 뿌이라아. 그런게 너는 니고 나는 내다 이말이라. 거인자 이전 우리 말하민 참 나무집 하인은 장 나무집 하인이고, 양반은 장 양반이다. 고마 거 뿌이라."[73)]라는 서술자의 평론을 통해 이 설화의 교훈을 직접 명시해 주었다. 이때 '장'은 '끝까지'의 의미로 해석할 수 있는데, 서술자는 이야기의 결말에서 "나무집 하인은 언제나 나무집 하인이고, 양반은 언제나 양반이다."라는 소견을 덧붙여, 청중들에게 신분의 변화는 불가능한 것이라는 교훈을 주고자 한 것으로 볼 수 있다.

한국 '쥐 혼인' 설화의 우의는 채록자마다 조금씩 편차를 보이지만 혼인에 대한 인간의 욕망과 허영심을 경계하고, 안분지족할 것을 권면하는 데 중점을 두었다. 특히 조선 시대 문헌 설화의 각편들은 민간의 고사를 적극적으로 활용하여 서사성이 두드러질 뿐만 아니라 현실 사회의 병리 현상을 폭넓게 반영하는 현상을 상징적으로 제시하였다. 또 '쥐 혼인' 설화로 당시의 세태를 풍자하기도 하였다. 이는 현실의 욕망

---

73) 최정여·강은해『韓國口碑文學大系(8-6)』, 성남: 韓國精神文化研究院, 1981:55-56.

에 급급한 당대인을 깨우치고자 한 문인층의 의도에 따라 채록된 것이라 할 수 있다.

이상의 자료 검토를 통하여 한국에서의 '쥐 혼인' 설화는 설화적 내용을 충실하게 전달하는 것도 있고, 작품의 우의를 강조하여 서술한 것도 있다는 것을 알 수 있다. 그리고 모두 좋은 결혼 상대를 고르려고 한 바퀴 돌아다녀 마지막에 다시 회귀하게 된 구조로 되어 있음을 발견할 수 있다. 즉, 한국의 '쥐 혼인' 설화가 가진 가장 큰 특징 중 하나는 이 설화가 구조상으로 보면 두드러진 변이가 없이 단일형의 설화로 존재하고 있다는 것이다. 그럼에도 불구하고 수용 계층에 따라 우의의 변이가 나타나며 세계관의 차이도 있다.

각편에 따라서는 인도 설화와 비교할 때 '하늘', '달' 등 화소가 첨가되기도 하고, '두더지'가 '쥐'로, '산'은 주로 '돌부처'나 '은진미륵', '장승' 등으로 바뀌는 세부적인 차이가 나타나기도 한다. 하지만, 전체적인 이야기의 진행은 늘 고정적인 형식을 따라 이루어지고 있다. 이와 같이 이야기의 귀착점이 다시 출발점으로 되돌아가는 회귀적 진행 방식을 취하는 설화의 유형은 한국에서 흔하지 않다.

　박순임은『韓國口碑文學大系』別冊 附錄(Ⅰ)에서 이 유형의 설화를 '잘되고 못되기'의 분류 체계에서 '좋다가 말기' 723-3에 대입시키면서 「쥐의 혼처 구하기(헛된 기대를 가지다가 자기 처지로 되돌아온다)」라는 이야기 유형으로 정하였다. 유형 723에 속하는 이야기들은 잘된 꿈이나 환상적인 세계의 체험에서 못된 현실로 돌아오거나 행운인 줄 알고 기뻐하였으나 곧 행운이 아닌 것이 판명되어 좋다가 마는 유형들이다.[74]

　분류 내용을 보면 「전라도 개구리와 경상도 개구리」 설화도 '쥐 혼인' 설화에 속하는 것을 발견할 수 있다. 이 설화는 '쥐 혼인' 설화와 비교할 때 등장인물과 이야기 내용은 서로

---

[74] 趙東一 등,『韓國口碑文學大系』別冊 附錄(Ⅰ), 성남:韓國精神文化硏究院, 1989:620.
　　 723-3 쥐의 혼처 구하기(헛된 기대를 가지다가 자기 처지로 되돌아온다)
　　 1-7　310　쥐의 혼인
　　 6-1　 26　전라도 개구리와 경상도 개구리
　　 6-2　776　쥐의 배필은 두더지
　　 7-4　 77　쥐와 두더지의 혼사
　　 8-1　305　두더지 신랑 고르기
　　 8-6　 53　두더지의 혼인

다르지만 그 전체적인 구조를 보면 '쥐 혼인' 설화와 비슷하게 더 좋은 곳을 가려고 헛된 기대를 가지다가 자기 처지로 되돌아온다는 '회귀' 형식으로 되어 있다. 원문은 다음과 같다.

또 그랬드라우. 경상도에서 사는 개고리가 있어. 또 전라도에서 사는 또 개고리가 있어. 개고리 눈구녁이 평소 뒤에가 둘 달렸어. 자 전라도 개고리는 경상도가 좋다 하고, 경상도에 사는 개고리는 전라도가 좋다 하고. "에기 빌어먹을것 나도 여기서 항상 살것냐? 전라도 땅에서 한번 살아보런." 또 전라도 개고리는 "항상 여기서만 살것냐? 경상도 땅이 좋당게 한번 가보런."그라고 한 날 한시에 그랑게 가고 오고 했던거입니다. 개고리들끼리 전라도 개고리도 올라가고, 경상도 개고리도 내려오고, 그랑게 아 중간 쯤 가다가 꽉 부닥쳤네. 그랑게 깜짝 놀랬어. 놀래갖고 뿔근 일어나는것이 뵈는것은 전라도 놈은 전라도를 보고 경상도 개고리는 경상도를 보아 눈이 뒤에가 있응께. 벌떡 일어낭께 "평소 다사는 것은 마찬가지로그만 가나보나 기양 가자." 그래서 개고리도 거그서 기양 서로 좋다고 갈려서 산다는 것이 다시 전라도는 전라도로 오고, 경상도 개고리는 경상도로 갔더랍니다.75)

조희웅76)은 「두더지 혼인」과 같은 설화들이 그 내용상으로 미루어 동물담임에는 틀림없지만, 그 형식적 특성을 고려

---

75) 池春相 등, 『韓國口碑文學大系(6-1)』, 성남:韓國精神文化硏究院, 1980:26.
76) 曺喜雄, 『韓國說話의 類型的 硏究』, 서울:韓國硏究院, 1983:81-85.

하여 형식담에 배속시켰다.77) 그는 한국 형식담을 둔사적 (遁辭的) 형식담과 누적적 형식담 두 가지로 분류하고,「두더지 혼인」은 누적적 형식담에 속해 있는 '(f) 회귀적 특성을 지닌 것'에 배속시켰다. 그 외에「누가 더 센가」형 설화도 같이 '(f) 회귀적 특성을 지닌 것'에 배속시켰다.

2. 중국 설화의 각편 유형

1) 흥미 유지형

흥미 유지형에 속한 각편들의 구조를 보면 모두 인도 설화의 회귀구조를 적용하고 있다. 비록 회귀 과정에서 나타나는

---

77) 조희웅의 설화 유형 분류는 다음과 같다.
    A. 둔사적 형식담
    ……
    B. 누적적 형식담
    ……
      (f) 회귀적 특성을 지닌 것.
        62. 두더지 혼인
        63. 누가 더 센가

사물이 첨가되기도 하고 바뀌기도 하지만 마지막으로 쥐를 선택한다는 결말은 공통적이다. 먼저 흥미 유지형에 속하는 각편들을(각편 1, 4, 5, 6, 9, 10, 11, 12, 17, 18, 19, 20, 21, 22, 23) 살펴본다. 그중 각편 4, 9, 21은 거의 같은 내용으로 구성되어, 가장 기본적인 형태로 볼 수 있다. 쥐가 세상에서 가장 훌륭한 결혼 상대를 구하러 해→구름→바람→벽→쥐를 차례로 찾아다니다가 결국은 같은 종류인 쥐와 결혼한다는 내용이다. 그 줄거리는 다음과 같다.

쥐가 아주 예쁜 딸을 두어 세상에서 제일 대단한 자에게 시집보내고 싶었다. 해에게 가서 청혼을 했는데, 해는 구름이 자신을 가릴 수 있다고 하였다. 구름에게 가서 청혼을 했는데, 구름은 바람이 자신을 휘날릴 수 있다고 하였다. 바람에게 가서 청혼을 했는데, 바람은 벽이 자신을 막을 수 있다고 하였다. 벽에게 가서 청혼을 했는데, 벽은 쥐가 자기의 몸에 구멍을 뚫을 수 있어서 자기를 무너뜨릴 수 있는 존재라고 했다. 마지막에 쥐는 딸을 동류인 쥐에게 시집보냈다.

인도 '쥐 혼인' 설화의 핵심 줄거리만 남아 있고, 앞부분에 성자의 등장과 두 번에 거친 딸의 변신 과정이 탈락되었으며 쥐를 사람 대신 주인공으로 의인화하여 등장시켰다. 그리고 내부적인 차이로, 바람에게 간 후에 산에게 간 것이 아니라 벽에게 간 것으로 전개되었다. 이것은 문화의 다름으로, 전하는 과정에서 생기는 필연적 변이라고 해석할 수 있다.

   각편 1의 주인공은 신통력이 아주 강한 쥐로 등장하였다. 쥐에게는 딸이 하나 있는데 결혼할 때가 되어 마음에 드는 사윗감을 찾지 못할까 봐 걱정을 하였다. 어느 밤에 쥐가 밖에서 돌아다니다 달을 보고 달이 세상에서 제일 신통한 자라 생각하여 딸을 달의 아들인 옥토끼(玉免)에게 시집보내려고 하였다. 달에게 가서 청혼을 하자 달은 구름이 자기보다 더 대단하다고 하며 구름과 사돈을 하라고 사양하였다. 같은 식으로 쥐는 구름→바람→만리장성을 차례로 찾아다닌 후에 마지막으로 동족인 쥐에게 시집보냈다. 전체적으로 보면 이 이야기는 쥐에서 출발하여 한 바퀴 돌아다닌 후에 다시 쥐로 회귀되는 구조를 유지하고 있다. 옥토끼와 만리장성이라는 중국적 화소의 등장은 이 이야기의 한 특징이라고 할 수 있다.

첫 구혼 대상이 달로 설정되는 것은 각편 23에서도 보인다.

각편 5와 기본형의 차이점은 '비'와 '돌' 두 사물을 첨가하여, 해→구름→바람→비→돌→벽→쥐의 차례로 구혼 대상을 찾아다녔다는 것이다. 이는 '회귀' 과정을 구성하는 주요 화소들이 다른 자료에 비하여 좀 더 세분화되고 체계화되었음을 의미한다.

각편 6은 다른 각편과 비교할 때 논리성이 조금 떨어지는 편인데, 그 줄거리는 다음과 같다.

쥐가 큰딸을 권세 있는 집안에게 시집보내고 싶어 선물을 들고 집을 나섰다. 나가자마자 앞에 누워 있는 고양이를 봤다. 그는 이 세상에서 고양이의 세력이 제일 세다고 생각해서 고양이에게 청혼했다. 고양이는 "우리는 통혼하면 안돼요. 난 이 법칙을 위반할 수 없으니, 비에게 찾아가세요. 그는 나보다 세력이 커요."라고 하였다. 쥐는 비에게 구혼했는데 비는 해가 나오면 자기가 없어지기 때문에 해의 세력이 더 크다고 했다. 해에게 가자 해는 구름이 자신을 가릴 수 있어서 구름이 더 강하다고 했다. 계속해서 쥐는 구름, 바람, 벽을 차례로 찾아갔다. 마지막에 쥐가 벽을 무너뜨릴 수 있다는 이유로 딸을 쥐에게 시집보냈다. 결혼 날에 신랑은 빨간 말을 타고 신부는 가마에 앉았다. 신부를 맞이하는 쥐들과 신부 측 친족들의 행렬이 아주 길었다. 길에서는 쥐들이 나팔을 불고 북을 치며 기쁨에 젖어 있었다. 그리고 고양이는 길가에서 웅크리고 앉아서 생선을 먹으며 교통질서를 유지할 수 있도록 도와주었다.

이야기 내용을 보면 쥐가 처음 선택한 결혼 상대는 고양이이다. 쥐는 고양이가 자신을 보호해 줄 수 있다고 생각해서 고양이에게 구혼을 했는데, 고양이는 법칙을 위반할 수 없다는 이유로 쥐의 구혼을 거절했다. 고양이는 비가 자기보다 세력이 강하다고 했으나 그에 대한 근거가 제시되지 않아 설득력이 부족하다. 게다가 이야기 결말에서 쥐의 결혼 날 고양이는 쥐를 잡아먹지 않고 오히려 교통질서를 유지할 수 있도록 도와주었다. 이 이야기에서는 고양이와 쥐의 적대 관계가 전혀 보이지 않는다.

각편 11은 상대를 선택하는 일에 대해, 딸과 어미쥐가 함께 상의하여 결론을 내렸다는 점이 주목된다. 그리고 각편

12, 20의 주인공은 어머니이고 각편 17의 주인공은 쥐이다. 즉, 혼인의 주도권을 어머니나 쥐가 가지고 있었고 결혼 상대를 찾으러 돌아다니는 것도 어머니가 쥐었다.

각편 18은 쥐 왕이 자기 딸에게 결혼 상대를 선택해 주는 내용이다. 줄거리는 다음과 같다.

쥐 왕은 세상에서 제일 대단한 사윗감을 찾고 싶었다. 어느 날 어떤 사람이 쥐 왕에게 바람신이 집과 나무를 다 무너지게 할 수 있으니 세상에서 제일 대단한 자라고 말해 주었다. 쥐 왕이 바람신에게 청혼을 하자 바람신은 자기는 물소를 무너뜨릴 수 없다며 물소가 더 대단하다고 하였다. 쥐 왕이 물소에게 청혼을 하자 물소는 사람이 만든 새끼줄이 자기의 코를 뚫게 되면 꼼짝 못할 것이라고 하였다. 쥐 왕이 새끼줄을 꼬는 사람에게 청혼을 하자 이 사람은 쥐가 새끼줄을 물어뜯는다며 쥐가 더 대단하다고 하였다. 쥐 왕이 쥐에게 청혼을 하자 쥐는 자신은 고양이를 무서워하므로 고양이가 제일 대단하다고 하였다. 쥐 왕이 고양이가 자신의 사위가 되면 온 가족이 고양이에게 잡아먹힐 것이라고 생각하여, 딸을 다시 쥐에게 시집보내기로 하였다.

각편 19는 「鼠美人」이란 제목을 통해 주인공이 아주 아름다운 쥐라는 것을 알 수 있다. 그녀는 결혼할 나이가 되었는데 '나는 비록 쥐 부모의 자식이나 나에게 서류(鼠類)와 결혼하라고 한다면, 난 달갑지 않아. 난 나랑 어울리는 남편을 찾아 같이 살아갈 것이다.'라고 생각하였다. 이런 생각에 그녀는 차례로 해, 달, 구름, 바람, 산에게 가서 청혼을 하였지만 모두 자기보다 더 나은 자를 추천해 주었다. 마지막에 이 아름다운 쥐는 산이 추천한 쥐와 결혼하였다. 유의해야 할 점은 이 이야기는 부모가 좋은 사윗감을 찾아다니는 것이 아니라, 쥐가 자신을 위해 좋은 신랑감을 찾아다닌다는 것이다.

앞 장에서도 언급하였지만 중국에서는 완전히 인도 설화에서 벗어나지 않은 '쥐 혼인' 설화도 찾을 수 있다. 각편 22의 줄거리를 보면 다음과 같다.

옛날에 어느 선인이 매에게 잡혀가던 생쥐를 구해 줬다. 그는 법술로 생쥐를 소녀로 변신시켰다. 소녀는 장성하자 권력과 세력이 있는 남편을 찾고 싶었다. 선인은 해를 불러와 "이 소녀를 아내로 삼아 주시오. 당신의 권세가 제일 커서 그녀와 결혼할 자격이 있소."라고 말했다. 해는 "안됩니다. 구름이 저를 가릴 수 있으니 구름의 권세가 저보다 큽니다."라고 하였다. 선인은 해를 보내고 구름을 불러와 소녀를 아내로 삼아 달라고 하였다. 구름은 "바람이 저를 쫓아낼 수 있으니 바람의 권세가 저보다 큽니다."라고 하였다. 선인은 다시 바람을 불러왔다. 바람은 "저는 산이 무서워요. 산은 저를 막을 수 있지만 저는 그를 옮길 수 없습니다."라고 하였다. 선인은 히말라야 산맥을 불러와 소녀를 그에게 시집보내려고 하였다. 산은 대답하기를, "쥐는 비록 작지만 권세가 큽니다. 그는 제 몸에 구멍을 뚫을 수 있습니다." 그래서 선인은 쥐를 불러와 소녀를 아내로 삼아 달라고 하였다. 쥐는 "잘됐군요. 하지만 그녀가 어떻게 구멍에 들어갑니까?"라고 하였다. 선인은 이 말을 듣고, 소녀를 원형으로 변신시켜 신방으로 보내 줬다. 생쥐의 아름다운 꿈이 물거품이 되어 버렸다.

이야기의 전반적인 내용을 보면 이 각편은 인도 설화와 아주 비슷한 구조로 구성되어 있다. 차이점은 주요 등장인물의 하나인 성자가 '선인'으로 변하였다는 것뿐이다. 주인공의 속성을 보면 쥐→소녀→쥐로, 동물인 쥐가 인간화되었다가 다시 원형으로 돌아가는 회귀적 체계를 취하고 있다. 이야기의 내용은 비슷하지만, 위 각편의 결말 부분을 보면 "생쥐의 아름다운 꿈이 물거품이 되어 버렸다."라는 서술자의 견해가 붙어 있다. 이 견해를 통해서 서술자가 이 설화를 서술하게 된 의도를 알 수 있다. 인도 설화의 우의는 "자신의 종족에서 벗어나려는 것이 참으로 어려운 일이다."라면, 위 이야기의 우의는 "분에 넘치는 엉뚱한 소망을 품은 자가 공연히 애만 쓰다가 결국은 실패하고 만다."라는 것임을 알 수 있다.

2) 세태 풍자형

다음으로는 세태 풍자형에 속하는 각편들을 살펴본다. 여기서 말하는 세태 풍자형은 한국의 세태 풍자형과 조금 다르다. 한국의 세태 풍자형은 주로 조선 시대에 있었던 혼인에서의 탐욕 심리를 풍자한 것이고, 여기에서 제시하는 세태 풍자형은 주로 한없는 욕망을 자제하지 않는 자에 대한 풍자이자 욕망에 대한 징치이다. 그리고 구조상으로 보면 한국 세태 풍자형에 속하는 '쥐 혼인' 설화들은 쥐가 마지막에 제자리로 회귀하는 것으로 유지되고 있지만, 중국에서는 그 회귀 형식을 타파하여 마지막에 쥐가 고양이에게 잡아먹혀 버리는 결말로 쥐의 한없는 욕망을 징치하고 있다.

각편 7, 13, 14, 16이 이 유형에 속하며 각편의 이야기 내용은 거의 비슷하다. 각편 7, 16은 어미쥐 혼자 내린 결정이다. 각편 13은 부모가 상의하여 내린 결정이고, 각편 14는 중매인을 통해 결정한 것이다. 또 한 가지 차이점으로는 각편 7과 각편 16에서는 첫 구혼 대상이 해가 아니라 달로 되어 있는 것이다. 이 유형의 내용을 정리하면 다음과 같다.

쥐가 딸을 능력이 제일 뛰어난 자에게 시집보내려고 하였다. 해/달이 제일 대단한 자라고 생각하여 해에게 청했는데 해/달은 구름이 자기보다 대단하다고 하였다. 다시 구름에게 갔는데 구름은 바람이 더 대단한 존재라고 하였다. 바람에게 갔더니 바람은 자기가 벽을 무서워한다고 하였다. 벽에게 갔는데 벽은 자기에게 제일 무서운 것이 쥐라고 하였다. 쥐에게 갔는데 쥐는 자신은 고양이를 보면 무서워서 걷지도 못한다고 하였다. 고양이를 찾아 청혼을 하자 고양이는 흔쾌히 이 혼사에 동의하였다. 드디어 쥐는 딸을 제일 대단한 고양이에게 시집보내기로 하였다. 결국은 쥐가 모두 고양이에게 잡아먹혀 버렸다.

이 유형의 이야기는 더 좋은 결혼 상대를 찾기 위해 해/달→구름→바람→벽→쥐를 거쳐 나중에 고양이를 선택하여 화를 당하는 내용이다. 이 유형에서는 고양이에게 잡아먹히는 의외의 결말로 어미쥐의 어리석음을 비판하고 있다. '흥미 유지형'에서 동류끼리 어울려야 한다는 철리를 보여 준다면 이 유형의 설화에서는 한없는 욕망을 자제하지 않을 경우 비극이 된다는 우의를 더 심각하게 전해 주었다.

또한 어미쥐의 행위는 큰 힘, 더 큰 권력을 구하기 위해 동분서주하는 인간의 모습을 보여 준다. 딸의 운명을 생각하지도 않고, 무조건 권력만을 좇는 사람들의 모습은 쥐와 다를 바 없다는 것이다. 고양이에게 잡아먹히는 내용으로 설정된 각편은 인간의 지나친 욕심이 자신은 물론 딸과 가문 모두에게 큰 해를 입힐 것이라는 것을 보여 주고 있다. 이 유형은 요즘에 들어와서 아이들을 위해 창작한 동화에 많이 수용되고 있다.

3) 민속 유래 설명형

한국 '쥐 혼인' 설화의 유형과 비교할 때, 중국의 경우는 독특하게도 민속 유래 설명형이 전승되고 있다. 중국의 '쥐 혼인' 설화 각편들은 모두 구전되어 내려온 것을 채록한 것이기 때문에 어떤 것이 먼저인지는 알 수 없다. 하지만 중국에서는 아주 오래전부터 '쥐 혼인'에 관한 민속이 있었다. 이 점으로 보아 민속 유래 설명형은 현대에 나온 것이 아니라 오래전부터 있었던 유형일 것이고, 인도에서 들어온 설화가 쥐 민속과 어울러지고 그 민속에 대해 설명한 것이다. 이때는 쥐의 탐욕성이 보이지 않았다.

필자가 수집한 자료 중, 각편 2, 3, 8, 15는 민속 유래 설명형에 속한다. '쥐 혼인' 설화를 중국에서 보편적으로 행해지는 쥐 혼인에 관한 민속·세시 풍습의 유래담으로 사용하게 된 것은 각편 2에 더 명확하게 나타난다. 각편 2의 내부 설화는 인도 '쥐 혼인' 설화의 내용과 비슷하고, 그 도입부와 결말부는 다음과 같이 기술되어 있다.

　중국의 민간 목판 세화(歲畵) 중에 「노서가녀」나 「노서성친(老鼠成親)」이 있는데 쥐의 무리가 울긋불긋한 옷을 입고 가마를 메고 있다. 가마에는 소녀가 앉아 있고, 가마 앞에는 깃발, 징, 일산, 부채 등을 들고 있는 쥐도 있고, 나발 등 악기를 들고 있는 쥐도 있다. 이것은 봉건 사회에서 행해지던 결혼 행렬과 비슷하다. 그런데 이 그림에는 아주 흥미 있는 민간전설이 전한다.……그날이 마침 음력 정월 25일이다. 그래서 사람들은 그날을 쥐 결혼하는 날이라고 부른다. 그리고 그날 밤이 되면 쥐가 무사히 결혼할 수 있도록 집집마다 불을 켜지 않는다.

시작 부분을 보면 알 수 있지만, 이 이야기는 서사자가 중국에서 쥐 혼인에 관한 목판 세화에 대해 설명하려고 서술하게 된 것이다. 그리고 각편 22를 토대로 이 이야기의 내부 줄거리(중략 부분)를 비교해 보면 각편 22에 등장한 선인 대신 법술을 쓸 줄 아는 늙은이가 등장하고, 청혼 상대 중 히말라야산이 벽으로 대치되어 있다. 또 이야기는 쥐가 동굴로 간다는 결말에 그치지 않고, '쥐 결혼하는 날짜'를 정하고 그날 인간이 해야 하는 금기에 관한 내용을 첨가하였다.

각편 3은 각편 2의 내부 줄거리와 거의 비슷하게 구성되어 있는데, 쥐가 결혼하는 날이 25일이 아니고 17일로 되어 있는 것만 다르다.

……노인은 딸을 다시 생쥐로 변신시켰다. 생쥐는 구멍을 보자 구멍에 들어갔다. 그날이 마침 음력 정월 17일이었다. 그래서 사람들이 그날을 쥐 결혼하는 날이라고 부른다. 그리고 그날 밤이 되면 쥐가 무사히 결혼할 수 있도록 집집마다 불을 켜지 않는다.[78]

각편 8과 각편 15는 거의 비슷한 내용으로 되어 있다. 쥐가 능력이 제일 뛰어난 신랑을 찾고 싶어 해→구름→바람→벽→쥐를 차례로 찾아다녀 결국은 쥐와 결혼을 하기로 한다는 내용으로 구성되어 있다. 이야기 결말 부분에 각편 2와 똑같이 민속적인 내용을 첨가하였고, "결혼 날짜를 섣달 24일로 정하였다. 그날 쥐들을 성가시게 하면 그 다음 해에 쥐의 피해를 입을 것으로 맷돌질을 하면 안된다."라는 또 다른 풍속을 도출하였다.

이상 각편들의 내용을 보면, 주로 쥐혼날이나 그날에 행해 온 풍속과 금기 등 쥐 혼인 민속의 유래에 대한 설명에

---

78) 襄陽縣文化館,『襄陽民間故事』, 襄陽:湖北襄陽縣文化館, 1983:211—213.

힘을 기울인다. 한편 쥐 혼인 민속 유래담에 관련된 또 다른 설화들이 중국의 여러 민족들 속에 넓게 전파되고 있다. 이 설화들은 본 책의 연구 대상인 '쥐 혼인' 설화와 많은 차이가 있다. 회귀구조가 전혀 나타나지 않고 오히려 액막이를 하거나 쥐에 대한 신앙적인 면을 다룬다. 대표적인 것으로는 「쥐와 사람의 대결」79), 「쥐가 고양이를 도와 보물 찾기」80), 「쥐에게 만두를 먹이기」81) 등을 소재로 한 설화들

---

79) 鄂西土家族自治州民族事務委員會等主編,「老鼠子嫁姑娘」,『鄂西民間故事集』, 北京:中國民間文藝出版社, 1989:331.(쥐 왕이 섣달 24일에 딸을 시집보내려 했다. 잔칫날, 사람들은 떠들썩하게 설맞이 준비를 해 쥐의 혼사를 교란시켰다. 쥐 왕은 노하여 '사람들이 하루를 교란하면 나는 1년을 교란하겠다.'라고 결심을 했다. 손해를 본 사람들은 그 이후로부터 섣달 24일은 쥐가 결혼하는 날이라 하여 더는 떠들썩하지 않았다 한다.)

80) 孟慶華・陳子謙,「"老鼠嫁女節"的來曆」,『古風・異俗・趣事: 來曆傳說三百則』, 济南: 山東人民出版社, 1996:226-228.(고양이가 은혜를 갚으려고 주인이 잃어버린 보물을 찾으러 갔다. 고양이는 보물이 나무 상자에 있는 것을 발견하였지만 꺼낼 수가 없었다. 마침 그날은 쥐가 결혼하는 날이라, 고양이가 신랑 집으로 가는 신부 쥐를 잡았다. 고양이는 쥐들이 그 보물을 담고 있는 상자에 큰 구멍을 뚫으면 쥐 신부를 풀어 주겠다고 하였다. 쥐들이 손쉽게 그 상자에 큰 구멍을 뚫어 줘, 고양이가 그 보물을 주인에게 가져다주었다. 주인이 이 일의 경위를 안 후에 사람들에게 알렸고, 사람들은 쥐에 대한 고마움의 표시로 쥐가 결혼하는 날인 정월 17일에는 일찍 자고 쥐들의 경사를 방해하지 않았다.)

81) 魏敏,「中原餃俗及文化心理描述」,『麥黍文化研究論文集』, 兰州:甘肅人民出版社, 1993:147.(한 노인이 鼠精을 구해 줘 자신의 딸로 키웠다. 정월 17일은

이 있다. 그리고 이 유형에 속한 '쥐 혼인' 설화는 한족(漢族) 뿐만 아니라 투쟈족(土家族), 좡족(壯族) 등 민족의 여러 집거지에서도 찾아볼 수 있다.82)

이러한 설화들을 통하여 민간에서 전승되고 있는 쥐에 관한 민속의 유래를 알 수 있을 뿐만 아니라, 중국 사람들의 쥐에 대한 경외심과 쥐를 쫓아내려는 이중적인 심리도 볼 수 있다.

쥐는 민첩하고 교활한 동물이다. 사람들은 쥐의 놀라운 번식력과 적응력, 그리고 큰 파괴력에 대해 놀라움을 금치 못

쥐딸을 시집보내는 날이다. 노인은 딸에게 만두를 만들어서 먹인 후에 딸을 가마에 올라타게 하였다. 쥐딸의 보살핌으로 노인은 식량을 창고에 가득 채웠다. 그 후로 사람들이 노인을 모방하여 서혼날에 만두를 만들어 먹고, 쥐의 혼사를 방해하지 않으려고 일찍 잤다.)

82) 蓝鴻恩,『神弓寶劍』, 北京: 中國民間文藝出版社, 1985:168-177.
「耗子嫁女」,『納雍民間故事』, 納雍縣民間文學集成編委會, 1988:256-260.
惠西成・石子,「老鼠嫁女的傳說與鼠忌」,『中國民俗大觀(下)』, 1988: 343-346.
蓋壞,「老鼠嫁女, 不講吃穿」,『中國俗語故事集』, 1990:270-271.
「金臂白毛老鼠精」,『耿村民間故事集』, 第二集, 河北省石家莊市民間文學三套集成編委會, 1988:482-483.
毛宗,『十二生肖的來歷』, 杭州:西泠出版社, 1999.
「耗子娶媳婦」,『張家口市故事卷(下)』, 北京:中國民間文藝出版社, 1989:1239-1242.

했다. 보기에는 하찮은 쥐가 사람들에게는 이렇게 큰 피해를 주었지만, 쥐를 대처할 수 있는 방법은 거의 없었다. 그래서 중국 사람들은 쥐를 신비의 힘으로 해석하여, 쥐에게 초자연적인 능력이 있다고 믿었다. 따라서 중국에서는 쥐에 대한 민속 신앙과 금기가 생겨났다.

서혼(鼠婚) 속신은 중국의 여러 지역에서 발견할 수 있지만 주로 화북(華北), 화동(華東), 화남(華南) 등 농경 지역에서 전해져 왔다. 먼저 '쥐혼날'에 대해 알아보자. 중국에서는 '쥐혼날'을 '가서일(嫁鼠日)'이나 '노서가녀일(老鼠嫁女日)'이라고도 한다. 그 의미를 정확히 알기 위하여 먼저 '嫁'가 가지고 있는 뜻에 대해 알아볼 필요가 있다. 『대사전(大辭典)』[83]에서는 '嫁'에 대해 다음과 같이 해석하였다.

① 여자가 시집가다.(女子適人)
② 가다, 이쪽으로부터 저쪽으로 가다.(往, 從此處到彼處)
③ 팔다.(賣, 售)
④ 이동하다.(轉移)

---

83) 『大辭典』, 台北:三民書局, 1984:1119.

이로 보아 '嫁鼠'의 '嫁'가 가지고 있는 의미는 2번 뜻으로 해석해야 마땅하다. 즉, '嫁鼠'는 쥐가 이쪽으로부터 저쪽으로 가는 것이라고 할 수 있다. 쥐혼날은 지역에 따라 다르지만, 대체적으로 섣달 23일부터 음력 2월 2일 사이로 설정하는데, 그 원인은 이 기간이 쥐가 번식하는 번성기이기 때문이다. 여기서 쥐를 시집보낸다는 것은 쥐를 집에서 나가도록 한다는 의미다.

그리고 쥐혼날에는 많은 금기가 있다. 예를 들면, 곡물을 찧지 않거나 갈지 않는 것, 바느질이나 가위질을 하지 않는 것, 상자를 열지 않는 것, 불을 켜지 않는 것, 일찍 자고 떠들지 않는 것, 쌀을 먹지 않는 것 등이 있다.[84] 만약에 이러한 금기를 위반하게 되어 쥐들의 혼사에 방해가 되었다면, 그 결과는 지방지(地方誌)[85]에 분명하게 기록하였다. 즉, "놀라게 하면 일년 내내 요란을 떨 것이다."나 "놀라게 하면 백곡(百穀)을 해롭게 하고 옷을 갉아먹고 서루(鼠瘻)를 앓게 한다." 등의 내용을 기록하고 있다. 이러한 서혼 속신을 통하

---

84) 이것에 관한 내용은 『生肖文化: 鼠咬天開』(馬昌義, 西安:陝西人民出版社, 2007:53-57)에 잘 정리되어 있다.
85) 지방의 지리·특산·풍속·인물 등을 기록한 책.

여 민중들이 쥐떼의 위협을 근절하고자 한 희망을 잘 드러내고 있다. 서가(鼠嫁: 쥐를 시집보내다)하는 방식을 선택하는 것은 쥐에 대한 두려움 때문이다. 시끄럽게 하지 않고 불을 켜지 않는 것은 쥐의 비위를 맞추어, 진정한 목적을 감추려는 행동이다. 이것은 모순되는 심리 상태로 유리한 것만 좇고 해로운 것은 피하려는 선택이다.

한국에도 정월 상자일(上子日)을 '쥐날'이라고 하는 민속이 전한다. 이날에 농부들은 쥐를 없애기 위해서 들에 나가 논밭 두렁을 불로 태우는 쥐불을 놓는다. 또 이날에는 콩을 볶으면서 "쥐 볶는다, 쥐 볶는다" 혹은 "쥐 주둥이를 지진다"라고 외치고, 콩을 한 움큼씩 먹으면서 "쥐 먹는다, 쥐 먹는다" 하는 주문을 외친다는 풍습이 있다. 이것은 쥐가 곡식이 있으면 언제나 주둥이를 대기 때문에 곡식에 접근하지 못하게 하려는 주술적 행동에서 생겨난 습속이라 할 수 있다. 그리고 농촌에서는 상자일 밤 자시(밤 11시에서 새벽 1시)에 방아를 찧는다. 찧을 곡식이 없으면 빈 방아라도 요란하게 소리를 내서 찧었는데, 그렇게 하면 1년 동안 쥐가 무서워 달아난다고 믿었다.

　중국에서 한국처럼 직접적이고 주술적인 방식이 아니라, 민속적인 활동인 간접적인 방법으로 쥐를 보내려고 하는 이유는 중국 사람들이 쥐를 숭배의 대상으로 인식하고 있었기 때문이다. 중국 여러 민족들 속에서 쥐는 세계를 창조하고 세상에 물질을 만들어 주는 신으로 인식되었다. 신화에서 쥐의 창세 업적은 다음과 같이 몇 가지가 있다. ① 쥐가 하늘과 땅을 분리시켜 인간을 혼돈한 세계에서 벗어나오게 하였다. ② 쥐가 사람에게 해와 달의 빛을 인도해 왔다. ③ 쥐는 마을의 기원과 독목주(獨木舟)의 발명자이다. ④ 쥐가 불씨와 곡식을 훔쳐 오고 경작하는 것을 사람에게 가르쳐 주었다. ⑤ 쥐는 여러 씨족의 선조이다.86)

　동부 지역에서는 쥐를 창신(倉神)으로 인식하고 있다. 그리고 동부 광산(礦山) 지역에서는 쥐가 서선(鼠仙)으로 존경받고 있다. 그리고 중국의 일부 민족이나 지역에서는 쥐를 재물신으로 인식하고 있다. 특히 중국 사료에 서역 서국(西

---

86) 馬昌儀, 『生肖文化:鼠咬天開』, 西安: 陝西人民出版社, 2007:7-11.

域鼠國)87)에 관한 기록이 있다. 당시 쥐에 대한 신앙은 그 이상 더할 것이 없다는 정도였고, 심지어 지금까지도 사람들의 의식에 그 영향을 미치고 있다. 사람들은 쥐의 번식력과 적응력, 파괴력에 대해 놀라움을 금치 못했으며, 쥐를 대처할 수 있는 방법이 적었기 때문에 쥐를 신비의 힘으로 해석하기도 했다. 그래서 쥐가 초자연적인 능력을 가지고 있다고 믿어 왔고 쥐에 대한 민속 신앙과 금기(禁忌)도 생겼다.

중국 봉건 사회에서 농경과 수공업 생산은 한 가정의 경제 면에서 주도적 지위를 차지하고 있었다. 따라서 가족이 번창하는 것은 집안을 일으켜 부유하게 하는 필수적인 조건이었다. 자손을 많이 두는 것은 자연스럽게 사람들의 제일 큰 바람이었다. 쥐는 놀랄 만큼 강한 번식력을 가지고 있어서 '자신(子神)'이라 불리며 숭배의 대상이 되었다.

---

87) 서한 말기에서 동한 초기 사이에, 서역(지금의 新疆和田)에 취사단나(瞿薩旦那國)라는 나라가 있었다. 한나라 때부터 서역 서국에 관한 이야기가 전승되어 왔다. 서역 서국은 쥐를 왕이라고 높여 부르고 신으로 모시고 있었다. 그래서 쥐에게 사당도 지어 주고 제사도 올렸다. 군주로부터 백성에 이르기까지 모두 다 쥐에게 매우 공순하여, 쥐구멍을 보면 말에서 내려 쥐에게 경의를 표해야 했다.(자세한 설명은 馬昌儀, 앞 책, 2007:42-43 참조)

하지만 또 한편으로 쥐는 흑사병 등 병균을 전파할 수 있고 농업과 임업에 피해를 주며 양식을 약탈하고 저장물, 건축물 등을 파괴하기도 한다. 이러한 파괴력 때문에 사람들은 쥐를 가증스러운 존재로 인식하기도 했다. 바로 이러한 복잡한 심리 때문에 '쥐 혼인' 설화가 중국에서의 전승 과정에서 고양이에게 잡아먹혔다는 비참한 결말이 생기게 되었다.

쥐 부모가 딸을 세상에서 제일 대단한 자에게 시집보내려고 하였으나, 결국 고양이에게 잡아먹히게 된 유형의 이야기가 중국에서 보편적으로 전승되고 있다. 이러한 각편들을 통해 쥐에 대한 증오감과 쥐를 없애려고 하는 중국 사람들의 마음이 얼마나 간절했는지 알 수 있다. 또 고양이가 직접 등장하여 쥐를 없애는 내용을 통해 쥐에 대한 당시 사람들의 인식이 변했다는 것을 알 수 있다. 쥐에 대한 무서움으로부터 해방되고, 쥐를 없애고자 하는 의지가 생긴 것이다.

즐겁고 경사스럽게 쥐를 시집보내는 방식으로 쥐를 쫓는 것을 통해 쥐에 대한 중국인의 존경심을 엿볼 수 있다. 그리고 제일 대단한 자와 결혼하기 위해 마지막에 스스로 고양이에게 가는 과정을 통해 사람들이 가지고 있던 쥐에 대한 두려움과 증오심을 엿볼 수 있다. 곧 '쥐 혼인' 설화는 쥐를 존경하면서도 없애고 싶어 하는 사람들의 모순적 심리에 맞게 변이되었던 것이다.

위에 정리한 내용을 통해 중국에서 '쥐 혼인' 설화는 다양한 유형으로 전승되었다는 것을 알 수 있다. 그리고 인도의 '쥐 혼인' 설화로부터 많은 변이가 있음을 발견할 수 있다. '민속 유래 설명형'은 민속적인 내용을 추가하여 설화의 교훈성을 감소시키고 '쥐 민속'에 대한 해석에 힘을 기울였다. '세태 풍자형' 설화는 '쥐 혼인' 화소를 유지하며 고양이를 등장시켜 회귀구조를 타파하였다. 인도 설화와 비교할 때 회귀과정에서 '달', '비', '물소', '새끼줄', '벽', '고양이' 등 사물이 첨가되거나 바뀌는 각편도 등장했다. 이것은 구전 과정에서 필연적이고 자연스럽게 나타난 변이 양상이라고 해석할 수도 있고 중국적인 변화라고 해석할 수도 있다. 구체적인 해석은 다음 장에서 진행한다.

지금까지 한국과 중국에서 전승되고 있는 '쥐 혼인' 설화의 유형에 대해서 살펴보았다. 그리고 한·중 양국에서 인도 '쥐 혼인' 설화의 회귀 형식을 어떻게 수용하였는지에 대해서도 고찰해 보았다. 두 나라에 전승되고 있는 '쥐 혼인' 설화의 양상을 비교하면 다음과 같다.

첫째, 한국의 '쥐 혼인' 설화는 문헌 전승과 구비 전승 두 가지 방식으로 오늘날까지 전승되고 있지만, 중국의 '쥐 혼인' 설화는 문헌에는 보이지 않고 구비 전승 방식으로 전승되었다.

둘째, 한국의 '쥐 혼인' 설화는 수백 년 전의 것과 현전 구전 자료를 비교했을 때 서술자의 의도에 따라 설화 주제가 다르게 되어 있지만, 설화 자체 줄거리와 세부 묘사에서 큰 차이가 없다. 이에 비하여 중국의 '쥐 혼인' 설화는 인도 설화에서부터 변이하여 더 많은 양상으로 전승되었다.

셋째, 한국과 중국은 쥐가 결혼 상대를 구하러 돌아다니는 과정에서 모두 화소의 첨가, 탈락을 통하여 변화하였다. 화소의 변화에서 드러나는 한국과 중국의 뚜렷한 차이점을 정리해 보면 다음과 같다. 인도 원형 설화와 비교해, 한국에서는

'쥐'를 '두더지'로, '산'을 '돌미륵'으로 바꾼 각편이 많이 있었으며 중국에서는 '산'을 '벽'으로 바꾸거나 결말에 '고양이'를 추가하는 각편이 많이 보인다.

  마지막으로 한국은 '쥐 혼인' 설화가 가지고 있는 풍자성에 대해 더 큰 관심을 가지고 있었던 것으로 보인다. 그 반면에 중국에서는 '쥐 혼인' 설화의 주인공인 '쥐'라는 소재에 착안한 민속적 의미를 더 중요시하였다. 크게 보면 이는 나라 간의 문화적 차이가 되겠지만, 좀 더 실질적으로는 한·중 양국의 화중(話衆)의 생활 환경과 감각이 반영된 결과라 할 수 있다. 이는 두 나라 '쥐 혼인' 설화에는 각 나라의 교훈성과 민속성이 더 많이 가미된 결과를 가져왔다는 점에서도 주목할 수 있다.

제4장 한·중 '쥐 혼인' 설화의 구조와 의미

구조란 전체 안에서 구성 요소들이 유기적으로 맺고 있는 내적인 관계이다. 요컨대 부분과 전체의 유기적이며 동적인 관계이다. 어느 설화든지 구조는 있으며, 이 구조 안에 의미를 담고 있다.[88] 설화를 존재하게 하고 전승하게 하는 하나의 일관된 구조가 있다면 그것은 한 편의 설화 연구를 통해서 충분히 밝혀질 수 있을 것이고, 그 구조가 다른 설화에도 동일하게 적용될 수 있을 것이다. 또 그런 구조가 결국 설화를 전승하게 하는 힘으로 작용할 수 있을 것이다.[89] 따라서 설화의 구조 분석을 통하여 설화의 심층에 내재된 구조를 찾아내, 또 그 구조에 숨겨진 의미를 파악할 수 있다. 다시 말하

---

[88] 최래옥,「설화구조론」, 황패강 외,『한국문학연구입문』, 서울:지식산업사, 1982:133.
[89] 한기호,「해와 달이 된 오누이」설화의 신화적 성격 연구」, 창원대학교 박사학위논문, 2005:1.

면 설화의 구조 파악은 인물·행동·문제 상황·해결과 같은 구성 요소들의 지속적이며 불변적인 요소를 찾아내는 일, 즉 내적인 체계성을 찾아내는 일이다. 이렇게 체계적이면서도 단순한 질서 구조는 뚜렷한 의미를 담고 전승 집단의 의식 속에 보다 쉽게 기억되고 재창조되어 끊임없이 이어져 온 것이다.

'쥐 혼인' 설화에는 쥐, 해, 구름, 바람, 산 등이 구성 요소로 등장한다. 이들은 서로가 유기적 관계를 맺고 있으며, 쉽게 기억하고 구술할 수 있는 체계적 구조를 형성하고 있다. 따라서 '쥐 혼인' 설화는 구연되거나 기록될 때 일부가 망각되어도 전후 관계를 보아 망각된 부분을 보충할 수 있다. 그리고 설화의 구조는 공통적인 것으로서 이를 기반으로 서로 다른 설화들 사이에도 같은 구조가 존재한다. 따라서 종합적이고 전체적으로 구조를 파악하는 일은 설화의 의미를 알아보는 데 중요한 관건이 된다.

앞서 살핀 것과 같이 한국이나 중국의 '쥐 혼인' 설화에는 많은 각편이 존재한다. 내용상으로 조금씩의 차이는 있지만 여러 각편에서 공통적인 구성 요소를 가지고 있다. 이 장에서는 '쥐 혼인' 설화가 가지고 있는 공통적인 서사단락의 기본 구조가 무엇인지를 밝히고, 그것이 가지고 있는 의미가 무엇인지에 대해 살펴본다. 그다음에 이 공통적인 서사단락을 기본으로 삼아 두 나라의 '쥐 혼인' 설화가 어떤 구체적인 변이가 생겼는지에 대해 살펴볼 것이다. 그리고 변이 양상에서 나타난 한·중 '쥐 혼인' 설화의 공통점과 차이점, '쥐 혼인' 설화를 통하여 본 두 나라의 문화적 이미지 등 여러 부분으로 나누어 고찰한다.

1. 공통 서사단락의 구조적 의미

1) 공통 서사단락의 분석

어느 일정한 형식에 속하는 이야기를 수집하면 보통 3개 내지 10개의 요소로 이루어진 하나의 유형을 발견할 수가 있다. 이는 말할 것 없이 설화의 구성 요소이며, 이것이 결격되어 있는 경우에는 정리된 이야기라고 할 수가 없다. 그러나 각각의 유례 가운데에 이들의 필요한 구성 부분이 빠져 버린 것도 많고, 또는 그 이야기와는 관계없는 군더더기의 에피소드가 다른 이야기에서 차용되어 끼어든 경우도 있다. 혹은 후기의 첨가물, 채집자의 수식도 있다. 이런 것들을 배제하면 진정한 전승적 요소만이 남는다고 한다.90) 그러나 이들 유례 중에 등장하는 주인공이나 그 행위자가 변화되어 있는 것은 한 지역 혹은 한 시기의 변화 양식이므로, 이들은 낱낱의 요소 내지 변화로 보지 않고 하나의 정리된 현상으로 보려 한다.

한·중 양국의 '쥐 혼인' 설화의 각편을 보면, 등장 화소나 내용이 다소 차이가 있지만, 하나의 공통된 서사단락을 발견할 수 있다. 이 공통된 전개 양상을 분석해 내는 것은 두 나라의 모든 '쥐 혼인' 설화를 아우르는 기본 서사단락을 파악하는 것과 같다. 문헌 기록을 보면 '쥐 혼인' 설화는 인도에서 가장 일찍 채록되었다. 그러므로 두 나라 '쥐 혼인' 설화의 기본 서사단락은 인도의 '쥐 혼인' 설화가 두 나라에서 수용되

---

90) 성기열,「傳播論」, 김열주 외,『民譚學槪論』, 서울:一潮閣, 1982:99.

여 정착한 후에 생긴 결과물이라고 할 수 있다. 두 나라의 '쥐 혼인' 설화 각편들을 살펴보면 그 내용은 인도 설화와 많이 비슷하면서도 약간의 차이가 보인다.

두 나라에 전승된 '쥐 혼인' 설화의 첫 번째 변모는 종교적 내용의 탈락, 순수 설화의 형식과 내용으로의 전환을 들 수 있다. 이것은 인도 '쥐 혼인' 설화가 두 나라에서 전승되기 위한 자연스러운 결과라고 해석할 수 있겠다. 독자는 문학 창작의 풍향계다. 작가는 독자의 요구를 의식한 후에 작품을 창작한다. 이것은 설화의 전승 과정에서도 마찬가지다. 한 설화의 전승자는 수용층의 특성과 요구에 맞춰서 설화를 구성해야 청자나 독자가 받아들일 수 있고, 그 설화도 계속해서 전승될 수 있다. 인도는 거의 대부분 사람들이 모두 다 종교를 가지고 있다. 이런 종교적인 필요함은 엄숙한 종교 준칙에 표현될 뿐만 아니라 문화 예술에서도 감추고 있다. 즉 이야기에 나타난 인도적 종교관은 작가의 선택이기도 하지만 독자의 선택이기도 하다. 하지만 중국이나 한국에서는 종교적인 수요가 그렇게 강하지 않았다. 만약에 '쥐 혼인' 설화를 원형대로 양국에서 전승하였다면 수용층들이 받아들이기 어려웠을 것이다. 때문에 양국 '쥐 혼인' 설화의 이러한 변모는 설화의 전승에서 생긴 자연스런 결과로 해석할 수 있다.

인도 설화에서는 주인공으로 성인과 인간으로 변신한 딸이 등장한다. 그러나 한·중 양국에 들어와서는 대부분 등장인물이 '쥐 부모'로 변하였다. 따라서 부모가 딸을 얻는 과정에도 변이가 일어날 수밖에 없다. 인도 설화에서는 성인이 쥐를 얻어 사람으로 변신시켜 딸로 키우는 데 반해, 한국이나 중국으로 들어와서는 대부분의 '쥐 혼인' 설화가 쥐 내외에게 딸이 하나 있는 것으로 되어 있다. 즉 인도의 '쥐 혼인' 설화는 인간의 이야기이고, 두 나라에서 전승되는 대부분 '쥐 혼인' 설화는 동물담인 것이다.

또 한 가지의 차이점으로, 딸의 의견 수렴이 있다. 원형 설화에서는 성인이 결혼 상대를 선택했을 때 딸의 의견을 전적으로 수렴해서 딸이 원하는 대로 해 주었다. 하지만 한·중 두 나라의 설화에서는 딸의 혼인에 대한 주도권을 쥐 부모가 가지는 것으로 되어 있다. 사윗감을 찾아다니는 과정에서도 딸의 의견에 대해 전혀 무관심하고 자신의 판단에 따라 택하였다. 이러한 변이를 통하여 두 이야기에 나오는 주인공이 신랑감을 찾고자 하는 취지가 달라졌다. 원형 설화에서 주인공이 일련의 행동을 하게 된 취지는 딸의 행복과 딸의 바람을 만족시키려고 한 데 있다. 하지만 한·중 두 나라에서는 주인공이 처음 사윗감을 찾아 나서게 된 계기는 딸의 행복을 위한 것이었을 수도 있었겠지만, 이야기의 전 과정을 고려한다면 주인공은 자신의 욕심을 채우려는 데 있었던 것이다.

지금까지 한·중 '쥐 혼인' 설화의 내용에 대한 검토를 통해 다음과 같은 기본 서사단락이 도출되었다.

① 쥐가 자식을 위하여 높은 혼처를 고르려 한다.(결핍)
② 해가 제일 높은 존재라고 생각하여 해에게 청혼을 한다.(1차 해결 시도)
③ 해는 자기가 구름만 못하다고 구름에게 사양한다.(실패)
④ 구름이 제일 높은 존재라고 생각하여 구름에게 청혼한다.(2차 해결 시도)
⑤ 구름은 자기가 바람만 못하다고 바람에게 사양한다.(실패)
⑥ 바람이 제일 높은 존재라고 생각하여 바람에게 약혼을 청한다.(3차

해결 시도)
⑦ 바람은 산[91)]이 자신보다 세다며 산에게 양보한다.(실패)
⑧ 산이 제일 높은 존재라고 생각하여, 산에게 청혼한다.(4차 해결 시도)
⑨ 산은 쥐가 자기보다 더 세다고 하면서 쥐에게 사양한다.(실패)
⑩ 결국 쥐가 제일 높은 존재임을 알게 된다.(시련의 제거)
⑪ 쥐와 혼인을 하게 된다.(결핍의 해소)

　이 공통된 서사단락은 가장 기본적인 모습이므로 한·중 '쥐 혼인' 설화의 '기본형'으로 볼 수도 있다. 다음으로는 이 기본형을 중심으로 이야기의 맥을 형성하는 내용을 좀 더 포괄적인 시각으로 그것의 구조에 대해 분석해 본다.

　설화의 구조적인 연구 방법론은 크게 두 가지로 나누어진다. 순차적인 구조(syntagmatic structure)로 연구하는 것과 병립적인 구조(paradigmatic structure)로 연구하는 것이 그것이다. 순차적인 구조는 이야기를 시간적인 순서에 따라 부분들(segments)로 나누고, 이들 상호 간의 관계 및 이

---

91) 인도 설화에서는 바람이 나온 후에 산이 나오는 것으로 되어 있다. 하지만 중국 설화에서는 대부분 벽으로 되어 있고, 한국 설화에서는 대부분 돌미륵으로 되어 있다. 한·중 '쥐 혼인' 설화의 연원은 인도의 설화로 추정하므로 여기서는 '산'으로 표기한다.

들과 전체와의 관계를 규명하는 방법으로 프로프(V. Propp)에 의해 개척되고, 던데스(A. Dundes)에 의해 정착되었다. 병립적인 구조는 이야기의 순서를 무시하고 그 속에 내포된 삶과 죽음, 남성과 여성 등과 같은 기본적인 대립을 찾아내어 이것을 종합적으로 파악하는 방법인데, 레비 스트로스(Levi Strauss)에 의해 개척되고 리치(E. Leach)에 의해 계승·발전되었다.92) '쥐 혼인' 설화는 사건의 진행에 따라 전개되기 때문에 의미를 살펴보기에 순차적 구조를 적용하는 것이 적합하다고 여긴다.

앞에서 한·중 양국의 '쥐 혼인' 설화의 기본적인 서사단락을 정리하였다. 이야기의 진행상으로 보면 이 서사단락을 세 단계로 나눌 수 있다. ①은 발단부이고, ②에서 ⑩은 전개부, ⑪은 결말부이다. 그 내면적인 의미를 보면 이 이야기는 결핍(①)→시련(②-⑨)→시련의 제거(⑩)→결핍의 해소(⑪)의 순서로 진행되어 있다. 결혼할 나이가 된 딸의 높은 혼처를 찾기 위해 쥐 부모가 나선다. 쥐 부모 입장에서 보면 대단한 사

---

92) 김화경, 『한국설화의 연구』, 경산:영남대학교 출판부, 1987:81.

위가 없다는 부족함을 느끼는 것이다. 그러므로 ①은 이야기의 진행에서 '결핍'의 상황을 나타낸 것이라고 볼 수 있다. 이런 결핍은 이야기가 시작되는 상황으로서 사건이 발생하는 계기가 되었다. 결핍을 해소하기 위해서 주인공인 쥐 부모는 집을 떠난다. 쥐 부모는 해가 제일 높은 존재라고 생각하여 해에게 청혼을 하지만, 해는 구름이 자신을 가릴 수 있으므로 구름이 더 높은 존재라고 하였다. 이것은 해가 자신이 제일 높은 존재가 아니라는 것을 쥐에게 알려 주는 것이지만, 다른 관점으로 보면 쥐에게 청혼을 거절하는 일종의 수단이다. 어떻게 보든 그 결과 쥐는 높은 혼처를 구하는 일에 실패했다. 그리고 그 후에도 연속 3번의 시도를 하지만 모두 실패하였다. 쥐는 이런 잇따른 시련을 겪고 나서야 마지막에 자기의 동류인 쥐가 제일 높은 존재임을 알게 되었다. 바로 이런 자아 발견으로 시련을 제거하게 되면서 원래 자기의 결핍 상황에서 벗어나 바랐던 혼사가 이루어진다.

어떻게 보면 쥐가 사위로 얻고 싶은 것은 세상의 부와 명예, 권력이다. 이것은 현재 자기가 가진 것보다 더 큰 힘과 권력을 얻고자 꿈꾸는 인간의 표상이다. 그래서 현재 자신의 모습에서 가장 중요하고 소중한 것이며, 노력 없이 무언가를 급하게 얻고자 하는 지나친 욕심임을 깨닫지 못한 것이다. 또한 눈에 보이는 것이 최고라는 환상에 사로잡혀 현재의 소중함과 자신을 망각하여 분별력을 잃어버리게 된 것이다. 그래서 지상 세계에서 세상을 비추고 비를 내리고 세상의 모든 것을 날려 버릴 수 있는 힘을 가진 것들일지라도 지하 세계에 있는 쥐의 능력에는 당할 수 없다는 중요한 사실을 놓친 것이다.

따라서 이 이야기는 분별력을 잃고 자기가 가지지 못한 것만 최고라고 생각하여 허황된 욕심을 부리기보다는 자신을 포함한 주변의 소중함을 발견하고 분수를 지키며 최선을 다하는 삶의 자세가 중요하다는 교훈을 주고 있다. '사람은 자기 분수를 지켜야 한다'로 해석될 수도 있는 이 설화의 主旨는, 신분에 의해 수직적으로 맺어지는 인간관계를 긍정하고 강요하는 쪽으로 활용될 여지가 많다. 이 이야기는 외면적으로 자신이 처한 현실에 최상의 가치를 두고 그곳에 안주할 것을 강조하지만, 그 내면에는 자신이 속한 신분을 뛰어넘으려는 시도조차 하지 못하게 하려는 당시 지배 이데올로기를 구현하고 있으며, 그것이 잘 드러나도록 이야기를 구성하고 있다.

2) 구조적 의미

등장 화소의 순서로 보면 이 설화에서 가장 눈에 띤 특징의 하나는 회귀구조93)를 가지고 있다는 것이다. 이러한 회귀구조는 등장 대상의 변화에서나 공간의 이동에서나 모두 나타나고 있다. 대상의 등장 순서를 그림으로 그려 보면 다음과 같다.

<그림 1> 쥐의 구혼 여행

---

93) 회귀구조는 유사한 사건들이 반복되다가 다시 제자리로 돌아가는 것이다. (최운식·김기창, 『전래동화 교육의 이론과 실제』, 파주:집문당, 1998:45)

그림 1에서 볼 수 있듯이, 쥐의 구혼 대상은 해→구름→바람→산→쥐의 회귀구조를 형성하고 있다. 쥐는 쥐와 결혼을 해야 이치에 맞다. 하지만 '쥐 혼인' 설화에서 쥐 부모는 자신의 종족에 대해 만족하지 못하여 세상에서 가장 훌륭하고 힘센 사위를 얻고자 한다. 그리고 그는 자기의 욕심을 만족시키기 위하여 계속 더 나은 존재, 즉 해, 구름, 바람, 산을 차례로 찾아가 자신의 사위가 되어 달라고 하였다. 처음에는 해가 제일 대단한 존재라고 생각하였으나, 구름이 해를 가릴 수 있고, 바람이 구름을 날릴 수 있고, 산이 바람을 막을 수 있고, 쥐가 산을 뚫을 수 있으므로 마지막에 그는 쥐가 세상에서 가장 훌륭하고 힘센 자인 것을 알게 된다. 이에 딸을 자신과 같은 종족인 쥐에게 시집보낸다. 마지막으로 선정된 쥐를 직접 해, 구름, 바람과 비교하면, 그는 절대 최종 승자가 될 수 없을 것이다. 그런 그가 마지막에 세상에서 가장 훌륭하고 힘센 존재가 될 수 있었던 것은 자연물의 상대적 관계에 의해서 얻은 결과이다.

지금까지 등장 대상을 통해 나타난 회귀구조에 대해 알아보았다. 이러한 회귀구조는 쥐 부모의 공간적 이동에서도 나타난다. 공간적 구조에 기준을 두고 이야기의 구조를 도식으로 나타내면 다음과 같다.

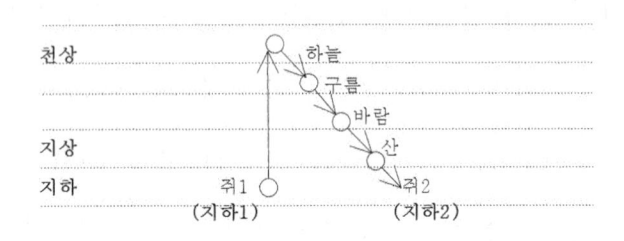

<그림 2> 공간의 이동

그림 2에서 볼 수 있듯이 이 설화의 공간은 천상・지상・지하[94])의 3원(元) 세계로 하나의 우주 안에 공존하고 있다. 주인공인 쥐 부모는 지하에서 출발하고 한 바퀴를 돌아 다시 지하로 회귀하였다. 지하는 주인공의 출발점인 지하1과 주인공의 귀환이 이루어진 지하2로 구분되는데, 이것은 통과제의(通過祭儀)의 시작과 끝에 해당하는 것으로 전혀 다른 의미의 공간이기 때

---

94) 쥐는 지상에서도 활동하지만 보통 음습하고 어두운 곳에서 생활하므로 여기서 지하의 존재물이라고 하겠다.

문이다. 자기의 욕심을 만족시키기 위하여 돌아다니는 쥐는 이러한 통과제의를 통해 다르게 변하였다.

공간적 관점에서 보면 이 설화를 '지하→천상→지상→지하'의 세계로 이동하는 여행담(旅行談)으로 볼 수 있다. 지하에 있는 쥐 부모는 자식을 위하여 좋은 결혼 상대를 찾고자 자기가 살고 있는 터전을 거부하고 다른 세계로 가나, 결국 다시 원래의 터전으로 회귀하게 된다. 쥐 부모의 공간 이동은 수직적 상승과 수직적 하강에 의해서 이루어진다. 지하에서 천상으로, 그리고 다시 천상에서 한 단계 한 단계씩 내려와 원래의 거처지인 지하로 돌아오게 된다.

앞에 분석한 것과 같이 이야기에 등장하는 대상의 이동이나 공간의 이동은 둘 다 쥐→쥐로, 지하→지하로 회귀하는 구조를 보여 주고 있다. 이때 필연적으로 결혼 상대자를 원점에 돌아오게 할 수 있는 조건을 갖춘다면, 중간에 개입할 수 있는 대상의 수는 더 늘어날 수도 있고, 줄어들 수도 있다. 그러나 이야기의 초점은 결국 이들이 다시 원점으로 회귀한다는 데 있다.

이야기의 진행을 보면 사실 이 설화는 쥐에서 멈추지 않고 다시 '해→구름→바람→산→쥐→해→구름……'의 차례로 순환적인 구조가 반복될 수도 있고, 아니면 계속해서 더 나은 존재를 찾아다니며 무한담(끝없는 이야기)으로 될 수도 있다. 하지만 한·중 '쥐 혼인' 설화의 기본 구조를 보면 결혼 상대가 쥐에서 멈추었다. 이렇게 멈추게 한 이유는 무엇이고, 그 안에 무슨 의미를 담고 있을까? 이는 회귀에 대한 강조로 인식할 수 있을 것 같다. 회귀구조는 일반적으로 주인공이 여행을 떠나 모험을 마치고 원래의 자리로 돌아오는 패턴이며 대부분 시련을 통한 인물들의 성숙과 귀향이라는 안정감을 강조하기 위한 장치로 이용된다. '쥐 혼인' 설화에서도 쥐가 회귀하는 과정을 통해서야 자신의 가치를 인식하게 되어 행복을 느낄 수 있었다.

'쥐 혼인' 설화에서 주인공인 쥐의 심리 변화에 대해 더 자세히 분석해 보자. 앞에서도 언급했지만 '쥐 혼인' 설화는 '결핍→시련→시련의 제거→실현'의 순서로 진행되고 있다. 쥐 부모가 시련에 들어가기 전과 시련을 겪고 나서 자기의 희망이 실현될 때의 전후 성격은 다르게 나타나고 있다. 자기 동류의 능력을 발견하고 인정하게 된 과정은 일종의 통과제의 (rites of passage)의 관점95)으로 볼 수 있다. 이를 아래 그림과 같이 표시할 수 있다.

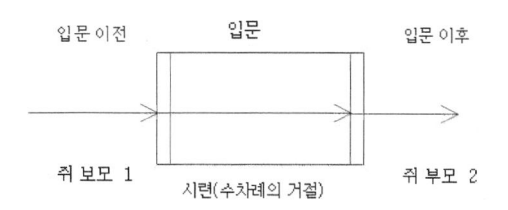

```
        입문 이전    입문        입문 이후
        ┌─────────┐
   ────▶│────────▶│────────▶
        └─────────┘
        쥐 부모 1  시련(수차례의 거절)  쥐 부모 2
```

〈그림 3〉 통과제의 관점으로 본 쥐 부모

　세상을 비춰 주는 해는 구름이 가리면 힘을 쓸 수 없고, 구름은 바람이 불면 흩어질 수밖에 없다. 그러나 바람도 산만은 날릴 수 없으므로 산이 최고라고 생각한다. 하지만 산은 쥐가 자신의 몸을 뚫을 수 있어서 세상에서 제일 강한 것은 쥐라고 말한다. '쥐 혼인' 설화에서 가장 중요한 불변의 요소는 더 좋은 상대를 찾는 것이다. 이것은 인류 공통의 인식 체계를 반영하고 있다는 것을 짐작하게 한다. 인간이 어떤 행위를 하는 이유는 그 행위를 추구하는 내면적 동기가 있기

---

95) A. 반겐넵, 『통과의례』, 전경수 역, 서울:을유문화사, 1985.

때문이다. 이러한 동기는 그에게 결핍된 불만족 상태를 의미하는 욕구와 더불어 환경적 압력으로 인한 영향에서 오는 것으로, 그것이 욕망으로 표출되는 것이다.

쥐는 동물이라 하늘, 구름 등의 다른 종족과의 결합 자체가 이루어질 수 없음에도 불구하고 오로지 큰 힘을 얻어야 한다는 목표 아래 어리석은 짓을 하고 다닌다. 하지만 같은 종족인 쥐와 딸을 혼인시키고, 쥐 스스로도 가장 큰 종족이라는 만족감에 살게 되었을 것을 생각하면, 쥐는 오히려 행복한 편에 속한다.

쥐가 마지막으로 동류인 쥐를 배우자로 선택한 것은 한편으로 쥐가 자기의 출신을 배신하려는 것에 대한 풍자이고, 다른 한편으로 쥐가 배우자를 찾는 도중에 자기 자신의 가치를 인식하게 되는 자부심을 반영하고 있다. 쥐는 비천한 신분과 낮은 사회적 지위로 열등감을 떨쳐 내지 못하고 자기의 능력을 인식하지 못했다. 그는 자기의 운명과 미래를 남에게 맡기려고 자기를 보호해 줄 수 있는 대상을 찾아다녔다. 한 바퀴 돌아다니며 많은 시련을 겪어 낸 후에 드디어 자신의 강한 힘과 가치를 긍정적으로 인식하게 되었다.

2. 구혼 대상 화소96)의 변이와 첨가에 따른 문화적 의미

설화가 민간 전승 과정에서 쉽게 변이되는 것은 아주 보편적인 현상이다. 다른 나라의 민간 전승 문학을 받아들일 때 이를 자기 나라의 공간 상태로 전환시키기 위한 자기 나라의 풍토 특성 및 문학적 요소를 첨가시켜 발생한 변이를 "未知事物의 風土化"라고 한다.97) 즉, 설화는 한 지방에서 다른 지방으로 또는 한 국가에서 다른 국가로 전파될 때 미지의 사물 대신에 그곳에 잘 알려져 있

---

96) 화소는 설화의 최하위 구조로서 ①모티브를 구성하는 그 하위 단위이다. ②설화를 6하 원칙으로 나눈 것이다. ③전체 설화에 작용하는 독자적인 단일의미가 있다. ④전체에 조화되는 한에서 대치되는 변화가 있다. ⑤전체의 한 부분으로서 그 위치에 따른 관계와 기능이 있다.(崔來沃,『韓國口碑傳說의 硏究』, 서울:一潮閣, 1981:16) 본 논문에서는 화소의 개념을 앞에 정의한 것처럼 모티브 개념이 아닌 이야기의 최소 단위라는 개념으로 보고 있다.

97) 崔一,「"龜兎型"故事在朝鮮的流變」,『朝漢民間故事比較硏究』, 沈阳:遼寧民族出版社, 2001:267.

는, 적어도 비교적 알려져 있는 사물(그 성질이 본래의 것에 가장 가까운 것)을 이끌어 낸다. 이러한 변이는 사물에만 국한된 것이 아니라 이야기의 내용에도 깊숙이 관여한다. 그러므로 본 장에서는 앞에 정리된 한·중 '쥐 혼인' 설화의 공통 서사단락을 기반으로 이들 설화에서 나타난 구혼 대상 화소의 변이와 첨가에 대해 살피고, 두 나라의 '쥐 혼인' 설화가 놓여지는 환경에 따라 각 나라의 민족적, 문화적인 특수성에 의한 변이의 실현이 어떻게 나타났는가를 알아보고자 한다.

1) 한국에서의 문화적 의미

한국 각편의 구혼 대상 화소를 정리하면 다음과 같다.

	하늘	옥황상제	해	달	해와달	구름	바람	벽	장승	돌미륵	두더지	쥐
1			○	○		○	○			○	○	
2	○					○	○			○		○
3	○				○	○	○			○		○

(앞표의 계속)

4	○					○	○		○	○	
5	○					○	○		○		○
6	○		○			○	○		○	○	
7		○				○	○		○	○	
8			○			○	○		○	○	
9			○			○	○		○	○	
10		○				○	○		○	○	
11			○			○	○		○	○	
12			○			○	○		○	○	
13			○			○	○	○			○
14			○			○	○		○	○	
15	○					○	○		○		○
16			○			○	○		○		

<표 3> 한국 각편의 구혼 대상 화소

한국 '쥐 혼인' 설화의 등장 화소를 총체적으로 보면, 기본형의 등장 화소를 토대로 다른 화소의 바뀜과 첨가가 나타났다. 특이한 것은 한국의 모든 각편들은 모두 기본형의 등장 화소를 그대로 유지하지 못하고 화소를 바꾸는 변이 양상을 보였다. 거기에 새로운 화소의 첨가가 같이 이루어진 이야기는 각편 1, 3, 6이다.

먼저 각편들의 등장 화소 바뀜에 대해 살펴보겠다. 앞에 제시한 표를 보면 한국의 '쥐 혼인' 설화는 대부분이 해→구름→바람→돌미륵98)→두더지의 순서대로 등장하는 것을 발견할 수 있다. 이는 기본형의 등장 화소와 비교하면 아주 뚜렷한 변이로 나타난다. 즉 기본형에서 바람이 이길 수 없는 존재는 산으로 되어 있는데, 한국 각편 13과 각편 16을 제외하고, 남은 모든 각편에서는 돌미륵으로 되어 있다. 그리고 기본형은 마지막에 가장 대단한 자로 쥐를 제시하였는데, 한국 각편 2, 3, 5, 13, 15에서만 쥐로 되어 있고, 나머지 각편들에는 최종의 결혼 상대가 모두 쥐가 아닌 두더지로 되어 있다. 이렇게 변이된 이유가 무엇일지, 그리고 그 안에 어떤 의미를 담고 있는지에 대해 알아보려면 먼저 돌미륵으로 변이한 이유에 대한 분석이 필요하다.

　이미 제2장에서 '쥐 혼인' 설화가 처음 한국에 들어올 때, 그 등장 화소가 해→구름→바람→벽→쥐의 차례로 되었을 것임을 확인하였다. 한국 사람들은 해, 구름, 바람에 대해 대부분 익숙하게 받아들이며, 능력자로 인식하고 있기에 이 화

---

98) 한국 각편 가운데서 바람보다 우위에 있는 존재로 설정한 사물은 석불(각편 1, 4, 6), 돌미륵(각편 2, 5), 돌부처님(각편 3), 은진미륵불(각편 7, 8, 9, 11, 12), 미륵(각편 10, 14, 15)으로 나타난다. 본고에서는 '돌미륵'으로 통칭한다.

소들을 쉽게 받아들일 수 있다. 하지만 벽은 한국인들에게 주는 영향력이 그다지 크지 않다. 때문에 바람보다 나은 존재로 인식하지도 않았을 것이다. 때문에 이야기를 더욱 쉽게 청중들에게 받아들이도록 구술자는 '벽' 대신 민중들의 생활과 밀접하게 연관된 사물을 찾을 필요가 있다고 본다. 한국의 '쥐 혼인' 설화에서 바람을 이길 수 있는 존재는 대부분 돌미륵으로 설정하였다는 것은 미륵에 대한 한국인들의 어떤 특별한 감정이 있었기에 가능한 변이일 것이다. 바로 이런 점을 고려하여 한국의 미륵 신앙을 별도로 살펴볼 필요가 있다.

한국에서의 미륵 신앙이 언제부터 시작되었는지는 그 초창기에 관한 문헌 기록이 없기 때문에 잘 알 수 없으나, 불교를 전파하기 위해서 순도(順道)를 파견하였던 전진(前秦)의 왕 부견(符堅)이 서역으로 사신을 보내 간절한 마음으로 미륵 불상을 구해 왔던 것으로 보아, 불교가 전래된 초기부터 미륵신앙이 있었으리라 짐작된다. 그리고 현재에 이르기까지 한국의 미륵 신앙은 면면히 이어 오면서 많은 영향을 끼치고 있다. 한국 지명이나 산 이름, 절 이름 등에 미륵·용화·도

솔 등이 자주 쓰였던 것도, 각 절에 흔히 미륵불을 봉안한 미륵전(彌勒殿)이 있는 것도, 상당수의 미륵불상이 전해지고 있는 것도, 미륵 신앙에 얽힌 설화가 민간에 널리 퍼진 것이 그 증거이다.99) 본 책의 주 연구 대상인 '쥐 혼인' 설화에 돌미륵을 등장시킨 것도 한국 미륵 신앙의 영향에 의한 것이라 말할 수 있다.

그리고 한국의 '쥐 혼인' 설화는 구전된 것만이 아니라 문집으로도 기록되어 있다. 문인들에게 문집에 수집된 '쥐 혼인' 설화든 민중들에게 구전으로 전해 온 '쥐 혼인' 설화든 거의 모두 돌미륵이 등장하고 있다. 이 각편들을 통하여 돌미륵은 귀족에서 서민층에 이르기까지 폭넓은 사랑을 받아 왔음을 알 수 있다. 또한 설화에서 미륵은 쥐/두더지가 자기 자신의 능력을 깨닫게 해 주는 특별한 존재이다.

그렇다면 왜 쥐가 두더지로 바뀌게 되었을까? 두더지로 바뀌는 것은 이야기에 등장하는 돌미륵과 큰 연관성이 있을 것이다. 한국의 각종 미륵의 불상들은 대부분 산이나 들 같은

---

99) 한국민족문화대백과사전편찬부, 『한국민족문화대백과사전(8)』, 성남:한국정신문화연구원, 1995:591-594.

노천에 자리하고 있으며 불상은 금속이 아닌 돌로 만들어져 있다. 어떤 것들은 마을 가까이 위치하기도 하고 어떤 것들은 야산에 외로이 서있기도 하다. 야산이나 들 같이 깊은 곳에 있는 돌미륵의 경우에는 그것을 넘어뜨리기에 쥐보다 두더지가 더 마땅하다. 돌미륵 밑의 흙을 파내는 존재는 쥐가 아니라 두더지이기 때문이다. 쥐는 벽을 뚫을 수 있는 존재라고 할 수 있지만 돌미륵을 넘어뜨릴 수 있는 존재라고 하기에는 무리가 있다. 이 이야기를 더 정당화시키려면 화소인 '쥐'가 '두더지'로 바뀌는 과정이 필요하다. 정리하자면 원 화소인 '산'과 '쥐'가 '돌미륵'과 '두더지'로 바뀐 것이 세 번의 변이 과정을 통하여 나온 결과라고 말할 수 있다. 그 변이한 순서를 추정하자면 다음과 같다.

원형: 해→구름→바람→산→쥐
1차 변이: 해→구름→바람→벽→쥐
2차 변이: 해→구름→바람→돌미륵→쥐
3차 변이: 해→구름→바람→돌미륵→두더지

각편들에서 세상의 최강자를 무엇으로 인식하였는가 하는

점은 설화의 전승에 따른 변이를 보여 주고 토착화의 정도를 가늠케 하는 데 매우 중요하다. 인도에서는 산으로 나타난 것이 중국에서는 주로 벽으로 변이되었고, 다시 한국에서는 돌미륵으로 바뀌었다. 인도에서 산은 거대한 존재로서 불변을 의미하며, 중국에서의 벽은 만물을 막을 수 있는 단단한 존재를 의미한다. 그리고 한국에서의 미륵(불교적 절대자)은 한국인의 생활 속에 자리한 내세불로서의 친근감을 반영한 변이라고 할 수 있다. 무엇으로 설정되고 있든, 그것이 바람을 이기는 존재로 작용하는 서사적 기능은 같다. 그러나 그 소재가 보여 주는 차이는 한·중 양국 사이의 풍토와 문화적 차이를 보여 주는 의미 있는 현상이라고 할 수 있다. 벽이 됐든 돌미륵이 됐든 두더지로의 변이는 '쥐 혼인' 설화를 한국적인 것과 중국적인 것으로 정착시키는 데 결정적인 의미를 부여해 주었다.

지금까지 한국적인 화소인 '돌미륵'과 '두더지'의 등장에 대해서 분석해 보았다. 한국의 각편에서 '돌미륵'과 '두더지' 다음으로 비교적 많이 등장시키는 화소는 '하늘'이다. 이 유형에 속한 각편 2, 3, 4, 5, 6, 15를 보면 각편 15만 구전 설화이고, 남은 5편은 모두 문헌 설화이다. 그리고 각편 2, 4, 5, 15에서는 해 대신에 하늘을 등장시키고, 하늘에게 간 후에 같은 순서(구름→바람→돌미륵→두더지/쥐)로 진행된다. 하지만 각편 3과 각편 6에서는 가장 존귀한 자가 하늘로 설정된 다음에, 하늘을 이길 수 있는 존재를 해와 달로 설정하였다. 각편 7과 각편 10에서는 해 대신에 옥황상제가 등장한다.

한국·중국·인도 삼국의 '쥐 혼인' 설화를 살펴보면 처음 선정되는 최고의 결혼 상대는 대부분이 해로 되어 있다. 하지만 한국의 여러 각편에서 처음 선정되는 상대는 해가 아니라 하늘로 되어 있다. 이러한 내용은 중국과 인도의 각편에서는 나타나지 않는 한국 '쥐 혼인' 설화만이 가지고 있는 특징 중의 하나이다. 이로 볼 때 한국인들이 해보다 하늘이 더 높고 대단한 존재로 인식하며 숭배하고 있음을 확인할 수 있다.

한국 사람들은 고대부터 하늘을 가장 권위 있는 신으로 받들어 왔다. 한국은 일찍부터 제천대회를 열고 천신에게 제사를 지냈다. 과거에는 5월의 파종과 10월의 추수가 끝나면 군중들이 모여 천신께 제사를 지냈다.100) 또, 한국인들이 하늘을 신적 존재로 의식하였던 것은 한국 고대 신화의 공통적 요소 때문이다. 이때의 하늘은 반드시 인간으로 형상화되어야 하는 것은 아니며, 초월적 지고신(至高神)으로서 하늘 자체가 숭배되었던 것이다. 고조선, 부여, 신라, 가야 등 조선반도에서의 설화에서 국가의 시조들은 모두 하늘에서 내려왔거나 하늘이 낳은 신성한 존재이다. 아침에 지상으로 내려와 해 질 녘이면 하늘로 돌아가는 해모수, 하늘에서 내려온 신라 6촌장, 하늘의 알에서 나온 수로(首露)가 "하늘의 명을 받아 백성을 다스리게 되었다."라고 한 것 등에서 권위를 표상하는 하늘의 의미가 특정 인물의 신격성(神格性)을 드러내는 표지로 활용되고 있다.101) 그리고 한국 사람들이 하늘을 숭배해 왔음은 단군 신화에서도 살펴볼 수 있다. 태백산 신인 환웅 천왕이 웅녀와 혼인하여 고조선의 시조인 단군을 낳고, 이 단군이 후에 백악 아사달의 산신이 되었다고 하듯

---

100) 문상회, 「한국민간신앙의 자연관」, 『신학논단』, 1972, 11:54.
101) 김현식, 『韓國文化象徵事典』, 속초:동아출판사, 1992:627.

이, 단군 신화에서는 시조와 건국자를 하늘의 아들이라고 생각했다. 따라서 한국은 단군 신화의 형성기에 이미 지고신으로서의 하늘을 원형적인 신의 심상으로 표현해 왔음을 알 수 있다. 곧 한국인들은 옛날부터 하늘을 최고의 존재로 여기고, 최고의 힘을 가졌다고 인식해 왔던 것이다. '쥐 혼인' 설화에서 쥐가 결혼 상대를 찾는 과정에 등장하는 화소의 첫 번째 조건은 '가장 강한 존재'이다. 그래서 한국의 '쥐 혼인' 설화에서 첫 번째 화소 '해'가 '하늘'로 바뀐 것은 서술자가 해보다 하늘을 더 대단하다고 생각했기 때문이다.

각편 16에서는 바람을 이길 수 있는 존재가 석불 아닌 석장승으로 되어 있다. 장승과 미륵불이 신앙적으로 복합화된 시기는 석장승이 나타난 18세기 후반 이후이다. 조선 시대 억불 숭유 정책은 불상 조성을 어렵게 하였으며, 이로 인해 민중들은 석장승을 세워 놓고 거기에 미륵 신앙의 의미도 부여했다. 따라서 장승의 형태도 미륵불의 법력이 느껴질 수 있도록 형상화되었을 것이다. 그 명칭도 미륵당산이라 호칭하며 이는 토속 신앙과 불교 신앙이 습합하여 민간 신앙화된 전형이다.102) 그래서 장승도 마을 사람들의 수호신이자 가장 가까운 기복물(祈福物)로 변하였다. 석불을 선택한 사람은 불교적 친화력을 가지고 있었고, 석장승을 선택한 사람은 민속적인 의식이 더 많이 지배하고 있었을 것이다. 사실 석불이든 석장승이든 모두 동일한 의미를 가지고 있다. 다만, 이렇게 화소가 달라지는 것은 불교와 민속 중 어디에 더 친근한가에 달려 있던 것이다.

2) 중국에서의 문화적 의미

중국 각편의 구혼 대상 화소를 정리하면 다음과 같다.

	해	달	구름	바람	비	돌	산	벽	만리장성	소	사람	쥐	고양이
1		○	○	○					○			○	
2	○		○	○			○					○	
3	○		○	○			○					○	
4	○		○	○			○					○	

---

102) 김원용,「韓國 장승의 造形的 特徵에 관한 研究」, 홍익대학교 석사학위논문, 2003:49.

(앞표의 계속)

5	○		○	○	○	○		○			○	
6	○		○	○				○			○	
7	○		○	○				○			○	○
8	○		○	○				○			○	
9	○		○	○				○			○	
10	○		○	○				○			○	
11	○		○	○				○			○	
12	○		○	○				○			○	
13	○		○	○				○			○	○
14	○		○	○				○			○	○
15	○		○	○				○			○	
16	○		○	○				○			○	○
17	○		○	○				○			○	
18				○					○	○	○	
19	○	○	○	○			○				○	
20	○		○	○				○			○	
21	○		○	○				○			○	
22	○		○	○		○					○	
23		○	○	○		○					○	

〈표 4〉 중국 각편의 구혼 대상 화소

위의 표를 살펴본 결과 기본형과 비교하여 결혼 상대를 찾는 과정에서 '달', '비', '소', '사람', '벽', '고양이' 등의 사물이 첨가되기도 하고 변하기도 하였다. 이것은 구전 과정에서 필연적이고 자연스럽게 나타난 변이 현상이라고 해석할 수도 있고 중국적 자국화라고 해석할 수도 있다.

다음으로 이런 변이 양상이 생기는 이유와 의미에 대해 구체적으로 분석해 본다. 먼저 화소의 바뀜 현상에 대해 살펴 보고자 한다. 한·중 '쥐 혼인' 설화의 기본 서사단락을 보면 등장 화소는 해→구름→바람→산→쥐의 순서로 나와 있으나 위 표를 보면 알 수 있듯이 총체적으로 보아 중국 각편들에서는 대부분이 해→구름→바람→벽→쥐의 순서로 등장한다. 이것을 기본형과 비교했을 때 가장 뚜렷하게 나타나는 변이는 바람을 이길 수 있는 존재가 기본형에서는 산으로 제시된 반면, 중국 각편에서는 대부분 산이 아닌 벽으로 제시되었다는 점이다. 그렇다면 왜 화소 '산'이 '벽'으로 변이되었을까? 무엇 때문에 순환되는 고리에 '산' 대신에 '벽'을 등장시켰는가에 대해 알아보려면 중국인들에게 벽이 어떤 존재인지에 대해 알아보는 것이 중요하다.

 중국 건축사를 조금이라도 아는 사람들은 중국에는 벽이 도처에 널려 있다는 것을 쉽게 알 수 있다. 대표적인 예로 중국의 만리장성은 세계에서 가장 길고 큰 벽이다. 중국 봉건사회 시대 사람들은 이러한 '변장(边墙)'을 조성했을 뿐만 아니라, 각각의 도시마다 사방을 둘러싸는 '성벽'이 있었다. 성안의 골목(고대 도시의 거주 지역)은 '방벽'이라는 것으로 둘러싸여 있었고, 거주지 안에 있는 주택에는 다시 '담장'이 있었다. 중국 고대 건축은 평민의 사합원(四合院), 관료의 저택뿐만 아니라 왕의 궁전, 제단, 종묘, 제왕의 무덤 혹은 정부의 관아, 불교와 도가의 사찰, 선비의 정원 등 대부분이 겹겹의 높은 벽 가운데에 어울리고 있다. 작게는 건축에서 크게는 도시에 이르기까지, 심지어 국가의 국경까지 모두 벽으로 싸여 있다. 중화민족의 몇 천 년 역사 속에서 '벽'을 쌓는 것은 고대 건축(혹은 도시 건설)의 중요한 구성 요소가 되었다. 이것은 중국 전통 사상의 정수를 반영하는 동시에, 특정 역사 시대 중국인의 문화 정신을 나타낸다. 벽은 사람에게 심리적인 안정감을 만족시켜 주는 것에 그치는 것이 아니라, 그것의 존재가 이미 중국 특유의 문화 기호를 가진 추상으로 변화된 것이다.

동시에 벽은 상대적으로 보수, 자족, 함축의 문화 성향을 나타낸다. 중국 고대의 주류 사상은 몇몇 방면에서 적극적이고 진취적인 성향을 가진 유가를 제외하고, 도가, 불가, 또는 일반적인 유가 사상이었다. 이것은 모두 폐쇄적이고 보수적인 태도를 취했으며, 조화롭고도 안정된 생활을 추구했다. 그 때문에 벽은 좋은 의탁 도구가 되었다. 오늘날에 이르러 벽의 방어 기능은 매우 약화되었지만, 다른 기능은 여전히 존재한다. 바로 이러한 문화적 배경에 따라 자연스럽게 '산'이 '벽'으로 변이되어 나간 것이다. 벽은 여러 가지 의미를 함축하고 있는 동시에 서사적 기능의 공통성도 유지하고 있어 '쥐 혼인' 설화에서 화룡점정의 기능을 달성하고 있는, 중국의 변이 과정에서 이룬 독특하고도 기발한 상상을 보여 준다고 하겠다.

그 외에 각편 1은 해가 달로, 산이 만리장성으로 변이되었다. 이러한 변이가 생긴 이유에 대하여 먼저 쥐의 습성부터 분석할 필요가 있다. 쥐는 어둡고 은밀한 곳에서 먹을 것을 찾아 뒤지는 습성을 가지고 있다. 그래서 각편 1의 시작에서 시간 배경을 밤으로 설정한 것은 구연자가 쥐의 습성을 충분히 고려한 다음에 구성한 내용인 것으로 해석할 수 있다. 어두운 밤에 밖을 돌아다니는 쥐가 빛나는 달을 세상에서 가장 신통한 자로 생각한 것은 논리적인 결과이다. 바람을 막을 수 있는 존재인 산이 만리장성으로 변이된 것은 이야기의 중국적 자국화라고 해석할 수 있다. 지금까지의 변이형은 등장 화소가 바뀌었지만 이야기 속에서 그 화소가 수행하는 서사적 기능을 유지하고 있다.

또 한 가지 변이 유형으로는 화소의 첨가가 있다. 기본형에서는 바람을 이길 수 있는 존재로 벽이 설정되었는데, 각편 5는 바람에서 직접 벽으로 가지 않고 중간에 비와 돌이 첨가되었다. 즉, 바람을 쫓아낼 수 있는 존재는 비이고, 비가 뚫을 수 없는 존재는 돌인데, 돌이 언젠가 벽을 치는 데에 사용하게 될 것이라는 논리로 이야기를 진행하고 있었다. 각편 5는 비와 돌을 첨가하였지만 이야기를 진행하는 방향이 달라지지 않고 '회귀' 과정을 구성하는 주요 화소들을 좀 더 세분화하고 체계화한 것뿐이었다. 이와 같은 수단으로 각편 19에서도 해와 구름의 중간에 달을 첨가하게 되었다.

이외의 변모 유형에는 주동 인물이 마지막에 쥐에서 멈추지 않고 쥐보다 더 높은 존재인 고양이를 찾아가는 유형(각편 7, 13, 14, 16)이 있다. 쥐 부모가 딸을 가장 대단한 자에게 시집보내려고 해→구름→바람→산→쥐를 차례로 찾아다녔다. 한 바퀴 돌아다닌 후에 자신의 종족인 쥐에게 청혼을 하였지만 쥐가 받아 주지 않고 자기는 고양이가 무섭다고 하였다. 그래서 마지막에 쥐 부모는 자기의 딸을 고양이에게 시집보내기로 하였다. 결국 쥐 부모는 욕심을 부리다가 고양이에게 잡아먹히고 화를 당하였다. 쥐는 고양이에게 갈 때 이미 자신의 본질을 잊어버렸고 오직 자기의 욕심을 만족시키는 데에만 집중하였다. 여기에서 한 가지 독특한 점은 주동 인물이 위험에 빠지게 된 것이 자기의 종족인 쥐의 의견에 따라 행동한 결과였다는 점이다.

'쥐 혼인' 설화에서 고양이의 첨가는 쥐의 탐욕성에 대해서 풍자하고 징치하려고 한 설정이기도 하지만, 중국의 세화(歲畵) 문화와 연관성이 있을 것으로 보인다. 중국의 강소(江蘇), 천진, 산동, 산서, 섬서, 사천, 복건, 광동, 하북 등 지역에 모두 「노서가녀」란 세화가 널리 전승되고 있다. 이 세화들 중에는 쥐가 출가(出嫁)하는 행렬만 그린 것도 있고, 고양이가 쥐를 잡아먹는 장면이 같이 그려진 것도 있다. 고양이 화소의 첨가 이유에 대해 더 세분하여 알아보기 위하여 고양이가 그려져 있는 작품 하나를 제시한다.

<그림 4> 목판화(木版畵) 「楚南灘鎭新刻老鼠娶親全本」

이 그림은 「노서취친(老鼠取親)」의 대표작품으로 꼽을 수 있는 호남 소양(湖南邵陽)에서 전승하는 세화이다. 그림에는 여러 마리의 쥐가 그려져 있는데, 징을 치는 쥐, 말을 타는 쥐(신부의 아버지거나 신랑으로 추정됨), 등을 든 쥐, 그리고 쥐 신부가 타고 있는 가마를 멘 쥐, 깃발을 멘 쥐, 선물을 들고 있는 쥐, 나팔을 불고 있는 쥐, 이 쥐들을 통해 시끌벅적한 영친 장면을 구성하였다. 제일 눈에 띄는 것은, 그림의 우측 상단에 고양이 한 마리가 크게 그려져 있는 점이다. 이 고양이는 마치 이 영친 행렬을 기다리고 있는 듯, 의기양양한 기

색이 보인다.

　각편 18은 기본형과 비교하면 등장 화소의 탈락, 첨가, 바뀜으로 많이 달라졌다. 쥐 왕은 세상에서 제일 유명하고 대단한 사윗감을 찾고 싶었다. 그는 바람에게로 출발하여 소와 새끼 꼬는 사람을 거쳐 자신의 종족인 쥐로 되돌아왔다. 앞의 서사 구조와 같다면 계속해서 쥐 왕은 쥐가 무서워하는 고양이에게 청혼해야 하지만 동물적인 본능으로 판단하여 고양이에서 다시 돌아와 딸을 쥐와 결혼시켰다. 이 각편은 기본형에 등장했던 해와 구름을 탈락하고 바람을 제일 대단한 자로 설정하였다. 그리고 바람을 이길 수 있는 존재는 산이 아니라 소로 되어 있다. 앞 화소가 소로 변이되었기 때문에 뒤에 등장하는 화소도 이야기 논리에 맞게 새끼줄을 꼬는 사람으로 되었다. 그렇다면 왜 쥐 왕은 바람이 제일 대단하다고 생각했을까? 또 구술자가 왜 소를 바람을 이기는 존재로 설정하였을까? 그리고 고양이가 등장하는데 무슨 의미를 가지고 있을까? 이것들을 알아내기 위하여 먼저 이 이야기의 전승 지역에 대한 파악이 필요할 것이다.

이 각편은 중국의 운남(雲南)에서 전승되고 있다. 이 점을 유의하여 볼 때 이 설화는 소재 면에서 운남성 주변의 지역 특성을 반영하는 것으로 이해할 수 있다. 운남의 하관(下關)을 말하면 사람들의 첫 반응은 거드름을 피우는 바람을 생각할 정도로 운남은 풍해를 많이 당하는 지역이다. 일 년 내내 바람이 불기 때문에 사람들은 풍해 대책에 많은 노력을 해왔다. 그래서 이곳에 사는 민중들은 가장 대단한 존재를 말하면 자연스럽게 바람을 떠올리게 될 것이다. 그리고 운남성 부근은 아시아 재배벼의 기원지로 볼 수 있을 정도로 벼를 많이 생산하는 지역이다. 물소는 벼를 생산하는 지역의 중요한 역축(役畜)이기 때문에 이곳에 물소가 많이 있는 것은 당연하다. 또한 물소가 제일 많이 있는 나라가 인도인데, 이곳은 인도와 가까워 일찍부터 물소가 많았을 것이다. 이렇게 보면 민중들과 밀접한 관계를 가지고 있는 물소의 등장에 대해서도 이해할 수 있다.

논리적으로 따지면 쥐 왕은 자기가 세운 조건(제일 유명하고 대단한 자)에 맞추기 위해 쥐를 이길 수 있는 존재를 찾아가야 한다. 그리고 구술자는 이 논리를 지키기 위해 고양이를 등장시켜야만 했을 것이다. 하지만 구술자는 이야기의 논리성을 지키는 동시에 쥐의 생태적인 성격에 대해서도 고려하였다. 고양이가 쥐를 잡아먹는 동물이고, 둘의 관계가 천적이라는 것은 누구나 잘 알고 있는 사실이다. 그래서 이야기에서 쥐는 고양이가 자기의 생명을 위협하고 있다는 것을 느껴 결국 고양이와 결합하는 것을 포기하고 다시 쥐에게로 돌아오게 된다.

3. 혼인 주도 인물에 따른 사회적 의미

한·중 양국 '쥐 혼인' 설화의 기본형에서 알 수 있듯이 혼인 주도 인물은 쥐 부모로 설정되어 있고 딸이 등장하지 않는다. 즉 결혼의 상대를 택하는 전 과정을 쥐 부모가 수행한다. 하지만 사회 문화의 변화나 구술자의 지향 등 여러 외부 상황에 따라 혼인 주도 인물이 다르게 설정되기도 한다. 필자가 수집한 각편들을 살펴보면 혼인을 주도하는 인물로 '부모', '어머니와 딸', '딸' 세 경우로 나타난다. 각 경우를 표로 정리해 보면 다음과 같다.

혼인 주도 인물		한국	중국
부모	가장103)	1, 2, 3, 5, 6, 7, 8, 9, 12, 14, 15	1, 4, 5, 6, 8, 9, 13, 15, 18, 21, 23
	어머니	13	7, 12, 14, 16, 20
어머니와 딸			11
딸		4, 10, 11, 16	2, 3, 10, 17, 19, 22

<표 5> 한·중 양국 '쥐 혼인' 설화의 혼인 주도 인물

주동 인물이 '부모'로 설정된 이야기는 부모가 딸의 배필을 구해 주는 경우이다. 주동 인물이 '어머니'로 설정된 이야기에서는 딸의 결혼 상대를 찾는 전 과정을 어머니 혼자 주도한다. '어머니와 딸'로 설정된 이야기에서는 아버지가 부재하고, 결혼 상대를 택하는 일에 어머니와 딸이 상의해서 결정한다. 혼인 주도 인물이 '딸'로 설정된 이야기는 딸의 의견에 따라 부모가 결혼 상대를 찾아다니거나 딸이 직접 나서서 배우자

---

103) 각편에는 아버지와 어머니가 같이 상의해서 혼사를 결정하는 유형도 있고, 아버지인지 어머니인지 분명하지 않고 다만 가장이라고 설정되어 있으며 혼사를 결정하는 유형도 있다. 본고에서는 이 두 가지 유형을 '가장' 유형으로 귀일한다.

를 찾아다니는 경우다. 혼인 주도 인물의 변화에 따라 다음과 같은 두 가지 사회적 의미를 엿볼 수 있다.

1) 전통 사회의 가치 유지

　전체적으로 볼 때 한·중 양국의 '쥐 혼인' 설화에서는 부모가 주도적 역할을 하는 각편이 우세하다. '쥐 혼인' 설화는 부모 중심으로 이야기 전개가 되고, 이것은 전통 사회의 유교적 가부장제 이야기 구조라고 할 수 있다. '쥐 혼인' 설화에서 쥐는 딸을 위해 훌륭한 신랑감을 찾으려 했으나 딸의 의사를 묻지 않고 자신이 생각하기에 가장 대단한 존재라 여겨지는 해에게 청혼을 한다. 그 뒤에 쥐는 해의 부족함을 알고 해보다 높은 존재인 구름에게 청혼하기도 하였고, 구름보다 더 높은 존재인 바람에게 청혼하기도 하였다. 마지막에 바람이 이길 수 없는 존재(벽이나 돌미륵)를 거쳐 드디어 딸을 쥐에게 시집보내게 되었다. 여기서 쥐는 딸을 위해 애써 신랑감을 찾아 나섰지만 결국 딸의 의지와는 상관없이 자신이 봤을 때 능력 있는 자에게 딸을 시집보냈다.

이러한 내용들은 전통 사회에서 부모의 명을 따랐던 풍습을 생생하게 보여 주는 것이다. 가장은 혼인 당사자의 의견을 물어보지 않고 자녀의 혼인을 독단적으로 처리할 수 있었다. 단지 그들이 적합하다고 여기면, 그때그때 마음 내키는 대로 결정할 수 있었으며, 자녀들은 그것에 대해 단지 시키는 대로 복종할 수밖에 없었다. 만약 자녀가 부모의 의견을 위반하고 스스로 배우자를 선택하면, 그것은 대역무도한 일이었으며 당시의 사회적·법률적으로 용인할 수 없는 것이었다.

주지하는 바와 같이 한·중 고대의 혼인에서는 중매인의 존재가 필수적이었다. 중매혼은 가부장제 가족과 불가분의 관계를 이루며, 혼인 당사자의 의사보다 제삼자의 의사에 따라 이루어지는 혼인을 말한다. 즉 중매혼의 특징은 혼인을 결정하는 것이 혼인 당사자가 아니라, 당사자가 속한 가족의 가장이라는 것과 양가의 의견을 조정하는 중매인이 있다는 것이다. 이러한 현상은 한국 각편 1과 중국 각편 14에서 보인다.

한국 각편 1을 보면 쥐 부모가 중매인을 보내어 돌미륵에게 구혼하였다. 그리고 중국 각편 14의 내용을 보면, 쥐 어머니가 딸을 시집보내기 위해 자신이 직접 그 상대를 선택하지 않고 다람쥐에게 중매를 서 달라고 부탁한다. 다람쥐는 '가장 대단한 자'라는 조건을 가지고 해에게 가지만 해가 그 조건에 맞지 않는 것을 발견하였다. 그래서 구름, 바람, 벽, 쥐를 차례로 찾아간 후 마지막으로 고양이를 제일 대단한 자라고 생각하여 고양이에게 청혼을 하였다. 결혼 상대를 선택하는 조건은 어머니가 내린 것이지만 전 구혼 과정은 다람쥐 혼자 행하였다. 실제 결혼 당사자의 의사는 그들의 결합 과정에 조금도 반영되지 않았는데, 이런 점은 중매혼 제도에 있어서 당연한 논리의 귀결이었다.

전통 사회에서는 중매인의 말 한마디에 의해 혼인이 성사되기도, 결렬되기도 했기에 혼인을 준비하는 당사자와 그 부모들이 중매인에게 많이 의지할 수밖에 없었다. 그러므로 한국 각편 1과 중국 각편 14에서 중매인의 등장도 사회적인 문화에 따른 변이라고 할 수 있다. 그리고 우리는 이 두 각편을 통해 한·중 양국에서 실제로 있었던 중매결혼 문화를 엿볼 수 있다.

주동 인물이 어머니와 딸로 되어 있는 중국 각편 11에서는 결혼 상대자에 대해 어머니와 딸이 같이 상의하였다. 그리고 어머니가 딸의 의견을 물어보자 딸은 결혼 상대에 대한 조건(능력이 제일 뛰어난 자)을 내세웠다. 그 후에 어머니가 이 조건을 가지고 결혼 상대를 찾아다녔다. 이 전 과정을 보면, 마지막에 쥐를 결혼 상대로 선정한 것은 어머니의 판단과 딸의 바람에 의하여 나타난 결과이다. 주동 인물이 '부모'에서 '어머니와 딸'로 변이되는 것은 현실 사회에서 결혼 상대를 선택하는 일에 딸의 의견을 고려하게 되었다는 유력한 증거가 된다. 이것은 전통 사회의 부모 중심 혼인관에서 자기 주도 혼인관으로 변하게 되는 과도기라고 할 수 있다.

2) 자기 주도적 가치 신장

혼인 주도 인물이 딸로 설정 된 '쥐 혼인' 설화는 한국이나 중국이나 모두 전승되고 있다. 혼인 주도 인물이 부모일 때 이야기의 취지가 부모의 욕심에 대한 풍자라면 주도 인물이 딸일 때 이야기의 취지는 욕심에 대한 경계이기도 하지만 자아 발견에 더 치중되어 있다. 딸이 자신의 혼사를 위하여 스스로 찾아다니는 경우가 나타나는 것은 자기 주도적 혼인관이 확산되는 현실을 반영한 결과라고 할 수 있다.

서구에서 남녀평등 사상과 자유연애로 표방된 개인주의 가치관의 유입은 한·중 양국의 봉건적인 혼인 윤리관에 큰 충격을 주었다. 이런 사상의 영향으로 적지 않은 젊은이들이 연애, 혼인의 자유를 지향하였다. 봉건 제도가 무너지기 시작하고 이학(理學)의 이념에 의해 강제와 구속이 점차 완화되면서 인권 의식에 눈뜨기 시작한 것이다. 이런 각성은 필연적으로 자유연애, 자유 혼인을 추구하는 하나의 조류를 이루었다.

자유 혼인과 남녀평등의 원칙하에 현대 한·중 양국의 혼인관계의 성립은 '부모의 명과 중매쟁이의 말(父母之命, 媒妁之言)'에 의해서만 이루어지던 전통의 혼인 풍속에 큰 변화를 초래하였다. 즉, 재래의 중매혼 유습이 흔들리게 되었고 당사자들의 자유로운 교제와 접촉에 의하여 맺어지는 자유혼이 부모의 의사에 의하여 결정되던 중매혼을 대치하게 되었던 것이다. 근대 민주 사상이 침투됨에 따라 특히 여자의 혼인에 있어서 커다란 변화가 생겼다. 중매혼이냐 자유혼이냐는 효도의 관념에 큰 변화를 일으켰다.[104] 결혼에 관한 여성의 자세는 이와 같이 피동적인 상태로부터 능동적인 단계로 발전되었을 뿐만 아니라, 보다 적극적인 단계로까지 나아가게 된다. 이러한 조류에 따라 한·중 양국의 '쥐 혼인' 설화에서 혼인에 대한 주도권도 부모에서 혼인 당사자로 변이하게 되었다.

그리고 이런 자기 주도적 가치 확산을 통해 당시의 여권 신장이 어떠했는지 엿볼 수 있다. 중국의 경우에는 어머니 또는 딸이 주도적인 역할을 하는 각편이 많다. 이는 어머니나 딸, 즉 여성의 역할이 확대되고 있는 것이다. 한국의 경우에는 현대에 들어와서도 보수적이고 과거적인 것이 유지되고

---

104) 박경휘, 『조선민족혼인사연구』, 대전:한남대학교 출판부, 1992:90.

있으나, 중국의 경우에는 이미 개방되어 여성이 주도권을 가지게 되었다. 같은 구전임에도 불구하고 한국의 각편에서 이러한 변이 양상이 나타나지 않는 것은 한국은 아직도 유교적인 사고 체계가 지속되고 있음을 의미하는 것이다. 적어도 이 이야기만 놓고 보다면 중국 사회에서 여성의 역할이 상대적으로 늘어나고 있는 반면에, 한국의 경우에는 민주화 등의 사회 변화가 일어났음에도 불구하고 적어도 이 이야기의 의식 속에서는 아직도 과거적인 유교적 패턴을 유지하고 있음을 알 수 있다.

  결혼 문제에 있어서 양국의 '쥐 혼인' 설화는 자유연애와 자유 결혼으로의 자기 주도적 가치 신장 지향을 표현하고 있다. 이 점에서는 양국의 '쥐 혼인' 설화는 비슷한 양상을 보인다. 그리고 구식 윤리관의 영향이 아직은 상당 부분 남아 있어 낡은 혼인관의 영향에서 완전히 탈피하지 못하고 있다는 점에서도 양국 '쥐 혼인' 설화는 거의 비슷한 양상을 보인다. 그 원인을 추적해 보면 비록 개화의 물결로 사회의 여러 분야에서 근대 의식이 확산되어 가고 있었지만 사회의 곳곳에는 아직도 봉건적 인습과 가치관이 여전히 잔재하고 있기 때문일 것이다. 사람들은 가부장적 결혼 제도에서 벗어나려고 하지만 사회 깊숙이 파고들어 가 보면 여전히 가부장제는 상당 부분 그대로 유지되고 있다. 이는 양국에서 여전히 가부장적 결혼 제도를 기준으로 여기고 있는 것으로 볼 수도 있다.

제5장 한・중 '쥐 혼인' 설화의 수용과 활용

1. 서사 구조의 문학적 수용

 '쥐 혼인' 설화는 특이한 구조를 가지고 있으며 내용적으로 흥미로운 데다 채록자 자신만의 이념적 우의를 부여하기에 적합한 이야기이기 때문에 한국과 중국의 많은 사람들에게 여러 방식으로 수용되어서 다른 이야기로 양산되었다. '쥐 혼인' 설화 구조의 수용은 한・중 양국의 우언과 설화 문학에서 보인다. 본 장에서는 각 작품의 내용을 분석하고 '쥐 혼인' 설화와 비교함으로써 '쥐 혼인' 설화의 회귀 구조를 그대로 수용하였는지 아니면 설화의 각 요소만을 부분적으로 차용했는지에 대해서 검토할 것이다. 이를 통해 '쥐 혼인' 설화와 각 작품 간의 주제 의식과 변용 상황을 고찰하도록 한다.

1) 우언 문학

한국의 『망양록』에 수록된 「竇氏之婚(두씨지혼)」105)은 어리석고 교만한 두더지와 자라, 거북 등을 소재로 하여 당시 사회의 혼인 문제를 둘러싼 시대상(時代相)이나 혹은 자기의 분수를 모르고 교만한 사람을 우화로 풍자한 서사문이다. 그 줄거리는 다음과 같다.

어리석으면서도 거만한 두더지가 아들과 딸을 낳았는데, 그 자식들도 어리석기가 아비와 마찬가지였다. 두더지는 천하에 자기가 제일이라며 자식을 자랑하고 가문과 위세 등을 떠벌리며 거만하기가 이를 데가 없었다. 자라와 거북이가 각각 두더지의 딸, 아들에게 청혼을 하였지만, 두더지는 자식을 주작(朱鳥)과 상아(嫦娥)에게 짝이 될 것이라며 거절을 하였다. 두더지의 딸을 장차 주작과 혼인할 것으로 여긴 산수의 모든 무리들이 아무도 청혼하지 않았다. 두더지의 아들과 딸이 장성하자 아무도 짝이 되어 주지 않아서 서로 짝이 되

---

105) 李光庭,「망양록」,『訥隱集』, 卷21.

어 버렸다. 이에 두더지는 부끄러워 자식을 버리고 도망치다가 결국 한스러워 햇볕에 쬐어 죽었다.106)

'쥐 혼인' 설화와 비교할 때 「두씨지혼」은 다음과 같은 변모를 찾을 수 있다. 먼저 두 작품 주인공의 성격에 있어서는 큰 차이가 보인다. '쥐 혼인' 설화에 나오는 쥐는 자기 세계에 대해 부정적으로 생각하고 자기가 도달할 수 없는 남의 세계에 대해 욕심을 내고 있다. 그 반면에 「두씨지혼」의 두더지는 자기에 대해 과하게 긍정하고 있으며 남들을 무시하였다. '쥐 혼인' 설화 속 쥐가 원하는 결혼 대상이 자기의 신세를 바꿀 수 있는 세상에서 가장 대단한 자라면, 「두씨지혼」에 있

---

106) 원문: 竇氏直。潛處墳羊之宅。愚而好自多。常無恃而敖。生子一男一女。蠢螈而與直無異也。直自以天下莫之有。矜語其男曰。自有陽類。天下未始有及吾子者也。矜語其女曰。自有陰類。天下未始有及吾女者也。又誇其門戶曰。上帝吾父。後土吾媼。日月吾友。五星吾弟。自含生之物。莫我適也。又張其形勢曰。九藪吾宅。五雲吾蓋。四方吾土。丘陵吾庾。自食土之民。無我疇也。黿聞之請室。直笑曰。吾女當配諸朱鳥。何渠與女婚也。龜聞之請家。直笑曰。吾子當耦諸嫦娥。何渠與女婚也。黿與龜皆怒曰。吾固知竇氏愚也。遂訟諸朱鳥曰。直欲與子婚。將聽之乎。為朱鳥謀。曰。蠢螈小蟲。吾其下校乎。而輩自底辱耳。舍之。於是山居之醜及水居之介。溝澮之曹。相與聞之曰。是將與朱鳥婚者。我輩何敢望焉。直男女長矣。無與為耦。還自相為配。直恥之。棄之而走。朱鳥下視而笑曰。而常言與我婚。今何如。直大愧且恨。仰耿抱暉而死。

는 두더지가 원하는 결혼 상대는 자기와 혼인 관계를 맺을 자격이 있는 자다.

바로 이러한 성격 차이 때문에 두 이야기의 내용도 다르게 전개될 수밖에 없었다. '쥐 혼인' 설화 중의 쥐는 남에게 청혼을 받는 것이 아니라 스스로 결혼 상대를 찾아다니며 청혼하였지만 「두씨지혼」에서의 두더지는 자식을 주작과 상아에게만 혼인을 시키려고 들어오는 청혼을 스스로 거절하였다. 그리고 두 이야기의 결말을 보면 '쥐 혼인' 설화의 결말에서 쥐는 제 스스로 반성하고 만족을 나타내는 반면에, 「두씨지혼」의 결말은 자식이 혼인할 곳이 없어서 윤리를 범하는 행동까지 하고 난 뒤에 두더지가 매우 부끄럽고 한스러워, 결국 죽게 된다. 이야기의 결말을 이렇게 변개시켰던 것은, 두더지처럼 오만한 인물을 경계하고 풍자하려고 했기 때문이라고 생각할 수 있다. 「두씨지혼」에서는 '쥐 혼인' 설화에서 읽어 낼 수 있는 "너무 욕심내지 말고 자기 분수를 알아야 한다"라는 우의에 "허영심을 끝까지 추구하면 큰 낭패를 보고 만다"라는 우의를 더 붙였다.

한국 심익운(沈翼雲)의 『백일집』에 수록된 「鼢鼠說」에서도 '쥐 혼인' 설화를 수용한 흔적을 찾을 수 있다. 이 작품에서는 '쥐 혼인' 설화에 대해 상당히 색다른 수용 시각을 보여주었다. 심익운은 이 작품을 지으면서 '두더지 혼인'107) 설화를 예화로 활용했다. 그는 먼저 민간에서 전하는 '두더지 혼인' 설화를 진술하고, 작품의 뒤 부분은 '두더지 혼인' 설화의 회귀 구조를 그대로 따라 자신의 처지와 결합하였다. 뒷부분의 개요를 정리하자면 다음과 같다.

'나'는 어릴 때부터 문장을 배웠는데 천하에 문장보다 더 나아갈 것이 없다고 여겼다. 그런데 생각해 보니 천하에는 성인(聖人)보다 더 높은 존재가 없어서 더 이상 문장으로 나아가지 않고 그 배운 바를 다 버리고 성인의 도를 배웠다. 또 생각해 보니 천하에 공을 세워 후세에 이름을 남기는 것보다 더 좋은 일이 없었다. 그래서 성인의 도를 버리고 사공(事功)의 방법을 배웠다. 또 생각해 보니 천하에 과거(科擧)보다 더 어려운 것이 없었다. 그래서 사공을 포기하고 과거를 공

---

107) 본문에서 두더지(鼢鼠)로 나와 있으므로 이 부분에서 '쥐 혼인'이 아니라 '두더지 혼인' 설화로 진술한다.

부하였다. 과거를 배웠는데 춥고 배고플 따름이었다. 그래서 천하에 농사와 누에를 치는 것보다 요긴한 것이 없다는 생각이 들어, 농사일을 배웠다. 3년을 했지만 별 얻은 바가 없고 다만 수고로울 뿐이다. 마침내 마음을 돌려 다시 문장이라는 것을 하게 되었다.108)

이 서사의 구성은 '문장→성인(聖人)→사공(事功)→과거(科擧)→농사→문장'의 순서로 되어 있고, '두더지 혼인' 설화의 서사 구성인 '두더지→하늘→구름→바람→산→두더지'의 순서와 일대일 대비를 시키고 있다. 그래서 위 내용은 '두더지 혼인' 설화의 회귀 구조에 착안하여 내용을 변개시킴으로써 작가 자신의 경험을 반영한 창작 작품으로 볼 수 있다. 심익운은 '두더지 혼인' 설화에서 지고한 것을 추구하려는 두더지의 심리에 초점을 맞춰, 자신이 제일 나은 것을 배우려고 한 맹목적인 추구를 진술하였다. 마지막에 두더지가 고된 여행을 통해서야 드디어 자기 종족에 대해 인정했다는 것처럼 작가도 이런저런 경험을 해본 후에야 문장의 묘리를 알게

---

108) 원문은 부록 각편(4) 『백일집』의 「鼴鼠說」에 있음.

되었다.

그리고 작가는 혼인이라는 모티브에 대해서는 전혀 의식하지 않고, 오히려 땅을 파 돌미륵을 쓰러뜨린다는 두더지의 동물적 본성에 더 큰 관심을 두었다. 그는 "문장을 하는 것은 마치 두더지가 땅을 파 가지고 그 속에서 다니는 것과 같다. 비록 작은 재주여서 배우는 데 부족할지라도, 그 이치가 깊고 오묘하여 스스로 묘리에 정진하지 않으면 애써 배워도 되지 않는다."109)라고 하며 자신의 문장관을 피력하였다.110) 바로 이러한 목적을 이루려고 함으로써, 이 설화의 우의를 완전히 다른 방향으로 유도하였다. 즉, 이 작품에서는 어떠한 일이든 그 깊고 오묘한 이치에 스스로 정진해야만 그 목적했던 바를 성취할 수 있고, 그렇게 하지 않고서는 어떠한 것도 이룰 수 없다는 우의를 기탁하였다.

중국에서도 '쥐 혼인' 설화가 가지고 있는 회귀 형식이나 그 안에 함축된 교훈성을 수용하여 소화담 또는 냉소적

---

109) "餘以爲文章, 可若鼴鼠穿地中行。雖小技不足學, 然深淺妙, 不可力而爲也。"
110) 양승민, 「우언의 서술방식과 소통적 의미」, 고려대학교 석사학위논문, 1996:60.

골계로 된 작품을 찾을 수 있다. '쥐 혼인' 설화의 수용 문제에 대해 중국의 진포청111)은 '쥐 혼인' 설화가 순환귀류(循環歸謬)의 방식으로 창작한 작품이라고 하며, 명나라 유원경(劉元卿)의 『應諧錄』에 수록된 「묘호(貓號)」가 바로 이런 수법을 사용하여 만든 작품이라고 하였다. 「묘호(貓號)」의 내용을 정리하면 다음과 같다.

제엄(齊奄)이 고양이 한 마리를 길렀는데 그것을 기이하게 생각하고 이름을 '범고양이'라 지어 불렀다. 한 손님이 호랑이보다 용이 더 세다며 '용고양이'라고 부르는 것이 더 좋을 것이라고 했다. 또 다른 손님은 용보다 구름이 더 세다며 '구름고양이'라고 부르는 것이 더 좋을 것이라고 했다. 또 다른 손님이 구름은 바람에 흩어지니 바람이 더 세다고 하며 '바람고양이'라 부르는 것이 적당하다고 했다. 또 다른 손님이 바람은 담장을 뚫고 지나갈 수 없으니 '담고양이'라 불러야 한다고 했다. 또 다른 손님이 담장은 땅 밑을 파는 쥐 때문에 허물어지니 '쥐고양이'라 부르면 되겠다고 했다. 동이장인

---

111) 陳蒲淸, 『世界寓言通論』, 長沙:湖南敎育出版社, 1990:101.

(東裏丈人)이 비웃으며 말하기를, "쥐를 잡아먹는 자가 바로 고양이다. 고양이는 고양이라고 불러야지. 왜 굳이 스스로 그 본색을 잃어버리게 하나?"112)라고 하였다.

표면적으로 보면 위 이야기는 '쥐 혼인' 설화와 다소 차이가 있지만 두 작품의 줄거리나 기본 구조는 거의 비슷하다. 비록 이야기의 주요 인물은 고양이로 되어 있지만, 고양이에게 이름을 지어 주는 과정을 보면 '쥐 혼인' 설화에서 쥐가 결혼 상대를 고르는 창작 방식과 일치하다. 인물을 보면, 제엄은 쥐 부모에 해당하고 고양이는 딸에 해당한다. 쥐 부모가 딸에게 대단한 결혼 상대를 찾아 주고 싶은 것처럼 제엄은 고양이를 사랑해서 더 좋은 이름을 붙여 주고 싶어 한다. 작가가 '고양이'라는 이름에서 출발하여 호랑이→용→구름→

---

112) 劉元卿,「貓號」,『應諧錄』.
　　원문: 齊奄家畜一貓,自奇之, 號於人, 曰:"虎貓。"客說之曰:"虎誠猛, 不如龍之神也。請更名爲'龍貓'。"又客說之曰:"龍固神於虎也, 龍升天須浮雲, 雲其尙於龍乎? 不如名曰'雲。'"又客說之曰:"雲靄蔽天,風倏散之,雲故不敵風也, 請更名曰'風'。"又客說之曰:"大風飆起, 維屛以牆, 斯足蔽矣, 風其如牆何? 名之'牆貓'可。"又客說之曰:"維牆雖固, 維鼠穴之, 斯牆圮矣, 牆又如鼠何? 即名曰'鼠貓'可也。"東裏丈人嗤之曰:"噫嘻! 捕鼠者, 故貓也。貓即貓耳, 胡爲自失本哉!"
(顧之京,『历代百字美文萃珍』, 天津:天津古籍出版社, 1996:445)

바람→벽→쥐의 순서를 거쳐 마지막에 다시 '고양이'라는 이름으로 회귀시켜, 아주 해학적인 풍자 의미를 표현하고 있다. 이것은 '쥐 혼인' 설화에서 쥐가 해→구름→바람→벽의 순서를 거쳐 결국은 동족인 쥐와 결혼한다는 발상과 같다.

이상의 분석으로서 『應諧錄』에 수록된 「묘호(貓號)」가 '쥐 혼인' 설화를 토대로 문인의 가공을 거쳐 식자층에 의해 소화담 또는 냉소적 골계로 수용된 결과물임을 판단할 수 있었다. 그리고 결말 부분에 동이장인(東裏丈人)이 한 말(고양이는 고양이라고 불러야지. 왜 굳이 스스로 그 본색을 잃어버리게 하나?[113])을 통해, 작가 유원경이 또 다른 측면에서 '쥐 혼인' 설화 구조를 수용했다는 것을 알 수 있다. 이 이야기 속에서 '범고양이'에서 '고양이'로 왔다는 것으로 이름을 바꾼다고 고양이가 호랑이로 되는 것은 아니라는 도리를 일깨워 한 사람으로서 자기의 정체를 잃어버리면 안 된다는 우의를 강조하고 있는 것이다.

---

113) 貓即貓耳, 胡爲自失本哉。

2) 설화 문학

중국에서 『응해록(應諧錄)』에 수록된 「묘호(貓號)」처럼 '혼인' 화소는 없지만 '쥐 혼인' 설화의 서사 구조를 가지고 있는 몇 가지의 설화 유형을 찾을 수 있다. 비록 이 이야기들의 내용은 '쥐 혼인' 설화와 차이가 많지만, 이야기의 구조를 보면 '쥐 혼인' 설화의 서사 구조를 부분적, 전체적으로 수용한 것으로 볼 수 있다. 다음으로는 이 몇 가지 유형들의 내용에 대해 분석해 보고 '쥐 혼인' 설화와의 연관성을 찾아내 그 수용성을 살펴보도록 한다.

먼저 중국에서 많이 전승되고 있는 '石匠(석수장이)'형 이야기에 대해 알아본다.114) '石匠'형 이야기는 석수장이가 부

---

114) 中國民间文艺研究会,「石匠」,『青蛙騎手』, 北京:中國少年兒童出版社, 1956.
贾芝・孙剑冰,「石匠」,『中國民間故事選』, 第一集, 北京:人民出版社, 1981.
陈庆浩・王秋桂,「石匠」,『中國民間故事全集』, 第5冊, 臺北:遠流出版社, 1989.
李遵义・陈日朋,「石匠」,『十二月世界精品民間故事(下冊)』, 長春:吉林人民出版社, 1995:811.
陈模,「石匠」,『中國新文藝大系:1949-1966(民間文學集 下卷)』, 北京:

자가 되려고 하다가 관리, 백성, 해, 구름, 바람, 돌 순서로 변하려 하고, 마지막으로 가장 솜씨가 뛰어난 석수장이가 되었다는 내용으로 구성되어 있다. 각편들은 조금씩 차이를 보이지만 그 주요 내용을 정리해 보면 아래와 같다.

　재주가 뛰어난 석수장이가 어느 날부터 부자를 부러워하다가 일감을 내버려두고 날마다 부자가 되기만을 꿈꾸고 있었다. 신선이 석수장이를 부자로 만들어 주었다. 부자가 된 석수장이는 부자도 관리에게 꼼짝 못하는 것을 보고 관리가 되고 싶어 했다. 신선이 그를 관리로 만들어 주자 마음대로 백성들을 괴롭혔다. 백성들이 집단으로 항거하자 관리도 어쩔 수 없었다. 그러자 그는 백성이 되고 싶어 했다. 신선이 백성으로 만들어 주자 뜨거운 햇볕 아래 일을 하게 되어 해가 되고 싶어 했다. 해가 되었으나 구름이 가리자 구름이 되고 싶어 했다. 구름이

　中国文联出版公司, 1991:578.
　「석수장이」, 김명수 역, 『중국민화』, 서울:공동체,1994:180.
　공영선 외, 『중국소수민족설화집』, 서울:국학자료원, 1994:74.
　한봉숙, 「석수장이」, 『민담과 소수민족 이야기(중국 편)』, 서울:국학자료원, 1997:75.

되었으나 바람이 불면 이리저리 흩어지자 그는 다시 바람이 되고 싶어 했다. 신선이 그를 바람으로 만들어 주자 바위를 움직일 수 없어서 그는 바위가 되고 싶어 했다. 그러나 석수장이가 자기를 쪼아대는 바람에 기겁을 하며 신선에게 빌었다. 그러자 신선은 "너는 여전히 석수장이를 해라."라고 말하며 그를 석수장이로 되돌아오게 해 주었다. 이때로부터 석수장이는 더는 허튼 생각에 들뜨지 않고 부지런히 돌을 쪼았으며 그 솜씨도 전보다 더욱 훌륭해졌다. 그리하여 그는 인근 사람들로부터 존경을 받는 석수장이가 되었다.

이 유형의 이야기는 주인공이 쥐가 아닌 사람으로 되어, '쥐 혼인' 설화에서는 다른 자의 도움 없이 혼자 돌아다니지만, 이 이야기에서는 신선의 도움을 받아 나중에 자아실현을 이루었다. 두 유형은 비록 내용이 다르지만, 일부 등장하는 사물과 기본 구조가 같다. 유수화(劉守華)는115) '石匠'형 설화는 인도의 '쥐 혼인' 설화가 중국에 전파된 후에 변이된 결과물이라고 하였다. 하지만 필자는 이 유형의 설화는 '쥐 혼

---

115) 劉守華, 『比較故事學論考』, 哈尔滨:黑龍江人民出版社, 2003:181.

인' 설화에서 변이되는 것이 아니라, 창작 과정에서 '쥐 혼인' 설화의 서사 구조를 수용해서 만든 새로운 이야기라고 하는 것이 더 적당하다고 생각한다.

이 이야기는 '쥐 혼인' 설화의 서사 구조를 통해 "자기 자신을 경멸하지 말고 자기를 쉽게 부정하지도 말고, 생활에 자신감을 가져야 한다."라는 교훈을 사람들에게 전해 주고 있다. 그리고 이 설화는 인간의 욕망은 수시로 바뀌며 더 나은 것을 향해 끝없이 전개되지만 그것이 일정한 방향성이 있는 것은 아니라는 점을 일깨워 준다. 욕망의 끝은 결국 제자리로 돌아오기 위한 '맴돌기'였다는 진실을 하나의 교훈으로 내포하고 있다. 마지막에 석수장이가 제자리로 회귀한 뒤에 이를 깨달아, 행복한 결말로 마감하는 것은 하층 백성들에게 생활에 대해 희망을 갖고, 자기의 직업과 생활을 사랑하고 안빈낙도(安貧樂道)하며 착실하고 진지하게 생활하라는 작가의 취지가 담겨 있는 것으로 보인다.

중국에서 많이 전승되는 '縣官畫虎(현관화호)'형 이야기도 '쥐 혼인' 설화의 서사 구조를 많이 수용하고 있음이 분명하다.116) 이 설화의 내용을 정리하면 다음과 같다.

　어느 현령(縣令)은 호랑이 그리기를 좋아했지만 호랑이같이 그리지는 못했다. 현령은 호랑이 한 마리를 그렸는데 심부름꾼이 그것을 고양이라고 말하자 그 심부름꾼을 죽였다. 현령이 다시 수종(隨從) 한 명을 불러와 자신이 그린 것이 무엇인지 묻자, 수종은 호랑이라고 대답했다. 현령은 또다시 시녀 한 명을 불러와 그림에 있는 것이 무엇이냐고 물었지만, 시녀는 그것이 무엇인지 감히 말하지 못하겠다고 하였다. 현령이 그 이유가 무엇인지 묻자, 시녀는 현령을 무서워하기 때문이라고 대답했다. 계속해서 시녀는 현령이 황제를 무서워하고, 황제는 대성(大聖)을 무서워하고, 대성은 바람을 무서워하고, 바람은 벽을 무서워하고, 벽은 쥐를 무서워하고,

---

116)『中国民间故事集成』全国编辑委员会,「縣官畫虎」,『中國民間故事集成・四川卷(下)』, 北京:中國ISBN中心, 1998:1308.
　　『中国民间故事集成』全国编辑委员会,「縣官畫虎」,『中國民間故事集成・四川卷(上)』, 北京:中國ISBN中心, 1998:737.
　　『中国民间故事集成』全国编辑委员会,「縣官畫虎」,『中國民間故事集成・湖北卷』, 北京:中國ISBN中心, 1999:717.
　　『中国民间故事集成』全国编辑委员会,「老爺畫虎」,『中國民間故事集成・西藏卷』, 北京:中國ISBN中心, 2001:991.

쥐는 현령이 그린 그것을 무서워한다고 대답했다.

이야기 뒷부분에서 시녀가 현령의 질문에 대답할 때 우회적 수법으로 현령→황제→대성→바람→벽→쥐의 순서로 이야기하며 마지막 그림에 있는 동물이 고양이라는 것을 암시하였다. 고양이를 전제로 세워 보게 되면, 시녀의 대답은 고양이에서 출발하여 현령, 황제, 대성, 바람, 벽, 쥐를 거쳐 마지막에 다시 고양이로 회귀하게 된다. 즉, 시녀가 위기를 모면하게 된 계기는 '쥐 혼인' 설화의 회귀 구조 덕분이다. 그리고 화소 면에서 이 설화에서 나오는 '바람', '벽', '쥐'는 '쥐 혼인' 설화에서도 등장하였다. 또한 사물 간에 가지고 있는 상대적 관계를 이용하여 이야기를 진행시키는 면을 봐도, 이 이야기가 분명 '쥐 혼인' 설화 서사 구조의 영향을 받았음을 짐작할 수 있다. 이 이야기는 이야기의 자체로 아무런 의미가 없는, 재치로 위기를 벗어난 이야기이다.

두 사람의 우위 다툼에서 '쥐 혼인' 설화의 회귀 원리를 가지고 진행하게 된 이야기도 보인다. 그 내용을 소개하면 다음과 같다.

염사호자(念四胡子)라는 가마꾼이 있었는데 늘 사람들에게 경시를 받았다. 어느 날 한 생원이 염사호자가 멘 가마를 타는데 대단한 기세로 염사호자를 억눌렀다. 생원은 염사호자가 학식이 있다는 애기를 들어 그를 희롱하고 싶어 염사호자에게 세상에 누가 제일 장하냐고 물었다. 염사호자는 "내가 제일 장하다."라고 대답했는데 생원이 "너 같은 가마꾼들이 밑바닥에 있는 사람들이다."라고 했다. 염사호자는 생원에게 누가 제일 장하냐고 반문했다. 생원은 지식인이 제일 장하다고 했는데 염사호자는 하늘이 지식인보다 장하다고 했다. 생원은 하늘이 구름을 무서워하니 구름이 제일 장하다고 했다. 염사호자는 구름이 바람을 무서워하니 바람이 제일 장하다고 했다. 생원은 바람이 벽을 무서워하니 벽이 제일 장하다고 했다. 염사호자는 벽이 쥐를 무서워하니 쥐가 제일 장하다고 했다. 생원은 쥐가 고양이를 무서워하니 고양이가 제일 장하다고 했다. 염사호자는 고양이가 개를 무서워하니 개가 제일 장하다고 했다. 생원은 자기의 아명이 개이기 때문에 자기가 제일 장하다고 했다. 염사호자는 달려온 개를

차면서 "개가 나를 무서워하니까, 내가 제일 장하다."라고 했다. 생원은 그만 입을 다물었다.117)

염사호자는 생원과 우위 다툼을 하는 과정 속에서 세상에서 제일 강한 자가 지식인→하늘→구름→바람→벽→쥐→고양이→개라고 하고, 마지막에 자신이 개보다 강하기 때문에 자신이 제일 강하다는 것을 증명하였다. '쥐 혼인' 설화와 비교하면 이 설화에서는 하늘, 구름, 바람, 벽, 쥐로 가는 순서를 그대로 수용하여, 뒷부분에 이야기 필요에 따라 쥐에서 멈추지 않고 계속 진행하였다. 앞에 제시했던 '縣官畫虎'형 이야기와 같이 이 이야기도 '쥐 혼인' 설화 서사 구조를 수용한 재치담으로 볼 수 있다.

필자는 '쥐 혼인' 설화의 각편을 수집, 정리하는 과정에서 「누가 제일 대단한가」118)라는 설화를 발견하였다. 이 작품 역시 '쥐 혼인' 설화의 서사 방식을 수용한 것으로 판단되는데, 그

---

117) 『中国民间故事集成』全国编辑委员会,「我最大」,『中國民間故事集成・浙江卷』, 北京:中国ISBN中心, 1997:824.
118) 陈庆浩・王秋桂,「誰有本事」,『中國民間故事全集』, 第32冊, 臺北:遠流出版社, 1989:589.

내용을 소개하면 다음과 같다.

옛날에 어느 남자아이가 얼음판에서 놀다가 미끄러졌다. 남자아이는 일어나서 얼음판에게 누가 제일 대단하냐고 물었다. 얼음은 해가 제일 대단하다고 했다. 해는 구름이, 구름은 바람이, 바람은 암벽이, 암벽은 야수가, 야수는 사냥꾼이 제일 대단하다고 했다. 남자아이는 "하하! 역시 우리 사람은 세상에서 제일 대단해!"라고 말하고는 즐겁게 집에 돌아갔다.

얼음, 해, 구름, 바람 등을 찾아 헤매던 소년은 결국 인간이 가장 위대한 존재임을 깨닫게 되었다. 이 설화는 '쥐 혼인' 설화와 비교했을 때 비록 회귀 과정에서 등장시키는 화소는 조금 다르지만, 같은 논리로 이야기를 진행하고 있다. 이 설화에서는 과도한 욕심을 경계해야 할 마음 자세로 인식하는 교훈은 전혀 안 보이고 자신이 처한 환경에 대해 긍정적 심리를 가져야 한다는 심리를 더 강조하고 있다.

'쥐 혼인' 설화가 가지고 있는 회귀 구조가 다른 이야기의 삽화로 들어간 예를 하나 더 들면 다음과 같다.

세상의 동물들은 천하를 다스릴 수 있는 신물(神物)을 뽑고 싶어 했다. 처음에 개구리를 왕으로 뽑았는데 능력이 부족해 다시 도마뱀을 왕으로 모셨다. 도마뱀이 죽은 후에 동물들이 돼지를 제물로 삼자 천신이 화를 내어 하늘을 땅으로 내려오게 했다. 하늘을 받칠 수 있는 존재가 달이라고 생각한 동물들은 독수리에게 부탁하여 달에게 돼지를 제물로 바치고 왕이 되기를 요청했다. 독수리가 길에서 고양이를 만나자 고양이는 돼지다리를 달라고 했다. 그러나 독수리가 주지 않고 계속해서 달을 향하여 날아갔다. 독수리는 달에게 만물의 왕이 되어 주기를 청했는데, 달은 자기가 해보다 못하다고 했다. 독수리가 해에게 만물의 왕이 되어 주기를 청하자, 해는 자기보다 구름이 더 강하다고 했다. 독수리가 다시 구름에게 만물의 왕이 되어 주기를 청하자, 구름은 자신보다 바람이 더 강하다고 했다. 계속해서 독수리는 바람, 개미, 소, 새끼줄, 쥐 순으로 찾아갔다. 마지막에 쥐는 고양이가 제일 강하다고 했다. 독수리가 다시 고양이에게 가서 돼지다리를 드렸는데 그 돼지다리는 이미 썩어 있었다. 하늘이 계속 내려오자 한 부녀가 막대기로 하늘을 다시 제자

리로 떠받쳤다. 그때부터 사람은 만물의 왕이 되었다.119)

　이야기 내용을 보면 독수리가 돼지를 제물로 가지고 달에 가는 길에 고양이를 만난 것에서부터 이 이야기의 회귀 여행이 시작된다. 이 이야기 역시 '쥐 혼인' 설화의 서사 구조를 수용하여 고양이→달→해→구름→바람→개미→소→새끼줄→쥐를 차례로 찾아가 마지막에 고양이로 회귀하는 구조를 이룬다. 이 회귀 형식을 수용함으로써 어떤 교훈성이 뚜렷하게 나타나지는 않지만 흥미성은 강하게 남아 있었던 것으로 보인다. 그렇기에 이 설화는 이러한 흥미성을 부여하고자 의도적으로 자기에게 익숙한 '쥐 혼인' 설화의 구조를 수용한 것이 아닌가 한다.

　중국에서는 '쥐 혼인' 설화의 회귀 구조로 된 설화가 많이 보이지만 한국에서는 그렇지 않다. 다만 한국에서는 고소설 「장끼전」과 관련한 연구에서 대부분의 논자들이 '쥐 혼인' 설화를 이 작품의 근원 설화로 보고 있다.120) 하지만 김대

---

119) 尙仲豪 等, 「誰做天下萬物之王」, 『佤族民間故事選』, 上海:上海文藝出版社, 1989:23.
120) 김광순은 「의인소설의 사적 전개와 문학적 성격」(『어문논총』, 1982:29)에서

성121)은 '쥐 혼인' 설화는 「장끼전」의 정절형 이본122)에서 전혀 나타나지 않고, 다만 개가형 이본에서 작품의 후반부에 까투리가 뭇 새들의 청혼을 물리치다가 동류인 장끼에게 재혼한다는 것으로 나타나고 있어서 차라리 「장끼전」에 끼워 넣어진 삽입 설화로 보는 것이 타당하다는 의견을 내었다.

다음으로 '쥐 혼인' 설화가 어떻게 소설적 변용에 기여하였나 하는 점을 중심으로 「장끼전」과 '쥐 혼인' 설화와의 관련성에 대하여 밝혀 보고자 한다.

'쥐 혼인' 설화의 소설적 변용은 「장끼전」의 전반부(가. 장

「장끼전」의 근원 설화로는 「야서혼설화」(『於於野談』卷之一 婚姻條)를 들 수 있다고 하였다.

김태준은 『조선소설사』(서울:학예사, 1939:111)에서 "남편 죽은 부녀가 수절할 필요가 없다는 야유요 까투리가 다른 금조와 결혼을 택한 것은 또 조선의 여항에 전하는 두더지의 혼사에 관한 옛말과 간접적으로 관련하여 있는 것 같다."고 하였다.

김동욱의 『한국가요의 연구』(서울:삼문사, 1975:338)에서도 '쥐의 求婚說話(於於野談)'가 「장끼 打令」의 근원 설화라는 견해를 밝히고 있다.

121) 김대성, 「「장끼전」 연구」, 한국교육대학교 석사학위논문, 1991:40-41.
122) 「장끼전」의 이본군은 개가 나타나지 않는 필사본, 개가가 나타나는 필사본, 활자본 세 가지로 나눌 수 있다. 그러나 활자본은 모두 작품 후반부에 개가가 나타난다. 따라서 김대성은 이본군을 크게 둘로 나누어 개가가 나타나지 않는 이본을 수절형으로, 개가가 나타나는 이본을 개가형으로 하였다.

끼와 까투리의 소개, 나. 까투리와 장끼의 꿈 논쟁, 다. 장끼의 죽음과 장례)에서 발견되지 않고, 후반부(라. 뭇 새들의 등장과 청혼, 마. 까투리의 개가)에서 부분적으로 나타나고 있다. 후반부의 내용을 정리하면 다음과 같다.

장끼의 장례를 지낼 때 딱부리가 찾아와 생전에 장끼가 죽으면 까투리를 자기에게 부탁한다고 했다며 청혼을 하다가 까투리의 아들들에게 매를 맞고 쫓겨났다. 이후 숱한 새들이 온갖 좋은 말로 까투리에게 구혼을 해 왔는데, 따오기는 일생을 편하게 해 주겠다고 하고, 백로는 귀하게 해 주겠다고 하였으나, 까투리는 단호하게 이들을 거절하였다. 그 후 계속되는 종달새, 황새 등의 구혼 역시 까투리는 아들들이 장성하였고 자신의 나이가 이미 31세임을 들어 거절하였다. 이와 같이 까투리는 뭇 새들의 온갖 유혹을 받아 과부의 설움이 더하던 중 지리산에서 온 장끼의 구혼을 받게 되었다. 까투리는 장끼의 풍신(風身)을 보고 구혼을 받아들여 나중에 둘이 쌍무지개를 타고 오색구름에 싸여 승천하였다.

작품 후반부를 보면 '쥐 혼인' 설화가 부분적으로 모티브를 제공하고 있음을 알 수 있다. '쥐 혼인' 설화의 모티브를 수용하여 두더지를 꿩으로 바꿔 이 작품의 후반부를 장식하였다. 즉, 혼인을 위하여 여러 대상을 찾아 나섰다가 결국 동류인 쥐와 혼인하는 것처럼 여러 종류의 청혼을 물리치다가 결국 동류인 장끼에게 개가하는 것은 같은 발상으로 보인다. 과부가 된 까투리는 여러 새들의 청혼을 받았으나 이를 거절하였다. 그리고 홀아비 장끼가 청혼했을 때는 이를 받아들였다. 이것으로 보아 신분이 같은 동류끼리가 어울린다는 것을 보여 주고 있다. 이것은 아무나와 혼인하지 않고 처지가 같은 사람과 혼인해야 한다는 당시 사람들의 사고가 개입된 것으로 볼 수 있다. 즉, 유유상종의 의미를 강조하기 위하여 소설 속에 '쥐 혼인' 설화의 모티브가 차용된 것이다. 「장끼전」 전체를 '쥐 혼인' 설화의 소설적 변용이라고 하기엔 설득력이 부족하나, 전승된 설화가 소설적 변용에 기여하고 부분적 모티브가 된다는 것은 배제할 수 없다.

2. 주제의 실용적 활용

1) 아동교육

'쥐 혼인' 설화는 한국과 중국의 현대 아동교육에서 많이 활용되고 있으며, 동화집뿐만 아니라 초등학교 교과서에서도 학습 자료로 활용된다.

먼저 한국 교과서의 수록 현황을 보면 초등학교 교과서 2007 개정 교육과정 1학년 1학기 국어 교과서『듣기・말하기』의 단원 4 '아, 재미있구나!'(41쪽)에 수록되어 있다. 거기에는 '쥐 혼인' 설화가 듣기 자료로 활용되어 있다. 학습 활동에서 두더지 가족이 만난 인물은 누구누구인지, 그리고 딸 두더지가 같은 마을의 총각 두더지와 결혼하게 된 까닭은 무엇인지에 대해 문제 제시를 하였다. 그리고 "내가 두더지 가족이라면 누구를 사윗감으로 맞이하고 싶은지 까닭을 들어 말하여 봅시다."라는 질문을 제시하고 있다. 여기서는 '자신의 가치를 알고 자신을 긍정적으로 봐야 한다'는 주제를 아이들에게 알려 주고 싶은 것으로 보인다.

총체적으로 보면 한국의 동화집에 수록된 '쥐 혼인' 이야기들은 한 형식으로만 나타나 쥐→쥐로 회귀하는 구조로 이루어져 있다. 하지만 중국의 동화집에 수록된 '쥐 혼인' 이야기는 두 가지 유형으로 나눌 수 있다. 하나는 쥐→쥐로 회귀하는 형식이고, 또 하나는 이러한 회귀 형식을 타파하여 결국 고양이에게 잡아먹혀 버렸다는 비극적인 종결의 형식이다. 한국과 중국에서 아동교육으로 활용되고 있는 동화집 자료를 살펴보면 이야기의 내용만 수록되어 있는 동화집도 있지만 아동들이 이 동화를 통해 어떤 교훈을 얻도록 서술자의 의도가 개입된 자료도 있다. 현대에 들어와서 '쥐 혼인' 설화의 활용 시각을 더 명확하게 파악하기 위하여, 본고에서는 주로 작가의 평론을 참고하여 분석한다. '쥐 혼인' 설화를 아동교육으로 활용한 한국과 중국의 서술자들의 의도에 관심을 두어, 아동들에게 가르치려 한 이 설화의 주제가 무엇인지를 확인하고, 본고에서 비교 분석한 내용과 대조해 보고자 한다.

먼저 한국 동화집에서 주로 구현하려고 한 '쥐 혼인' 설화의 주제에 대해 고찰해 본다. 한국은 아주 효율적이고 체계적으로 '쥐 혼인' 설화를 아동교육에 활용하였다. 먼저 한국의 대표적인 동화집『옛이야기 요술항아리―두더지 딸 신랑감 찾기』에서는123)「두더지 딸 신랑감 찾기」가 '세태와 교훈으로 엮은 이야기'에 들어 있다. 책에서는 한국에서 전승되고 있는 '쥐 혼인' 설화와 비슷하게 두더지 아버지가 딸을 위해 최고의 신랑감을 찾으려고 해, 바람, 구름, 돌미륵 순서로 찾아 돌아다니다가 마지막에 딸을 동류인 쥐에게 시집보냈다는 내용으로 구성되어 있다. 그리고 이야기 뒤의 부록에서 사자성어, 낱말, 속담, 옛날 문화 등 여러 가지 정보를 아이들에게 알려 주었다.

이야기와 연관 지어 서술자가 이야기를 소개한 이후「이야기 속 사자성어」에서 '類類相從'이라는 사자성어를 제시하였다. 사자성어를 공부시키기 위해서 이것을 제시한 것으로 작품의 주제가 유유상종이라는 것을 연상시켜 준다. 즉, 이 단원에서

---

123) 이혜옥,『옛이야기 요술항아리―두더지 딸 신랑감 찾기』, 의왕:아람, 2012.

'유유상종'이라는 사자성어를 제시했던 것은 바로 이 작품에 대한 의미를 '같은 무리끼리 서로 왕래하며 사귄다'라고 생각하였기 때문이다. 이 말 자체에는 이러한 의미가 없지만, 이것과 연관 지어 보면 결국 자기 동족끼리 서로 긍정하니까 따라가는 것이다. 그래서 '유유상종'은 같은 무리끼리 서로 왕래하며 사귄다는 의미로 되어 있는데, 이를 연관 지어 보면 원래의 뜻을 확장해서 '자기 종족에 대한 긍정적 사고'로 연장할 수 있다.

이야기의 마지막 부분에서 서술자는 이 이야기를 통해서 아이들에게 어떤 교훈을 알려 주고 싶었는지 명확히 제시하고 있다.

"가족과 나들이를 가거나 친구들과 함께 신나는 놀이를 할 때, 혹은 나보다 어렵고 힘든 사람을 도와줄 때 가슴 한가운데가 따뜻해지는 느낌을 받은 적이 있지요? 그 느낌이 바로 '행복'이에요. 이렇게 행복은 나에게서 멀리 떨어져 있는 것이 아니라 늘 내 주위를 맴돌고 있답니다. 이야기 속에서 두더지가 열심히 찾아다녔던 세상에서 가장 힘센 사윗감은 바로 이 '행복'을 상징한답니다. 두더지는 행복을 찾아 길고 먼 여행을 떠난 뒤에서야 비로소 깨닫게 되지요. '행복은 멀리 있는 것이 아니라 가까운 곳에 있구나.' 하고 말이에요. 「두더지 딸 신랑감 찾기」를 읽고 두더지처럼 여러분 가까이에 있는 멋진 행복을 찾게 되기를 바랍니다."

이야기 속 '작가의 생각'에서 서술자가 우리에게 알리고 싶은 것은 '행복'이다. 그런데 행복이란 이렇게 우리에게서 멀리 떨어져 있는 것이 아니라 늘 우리의 주위를 맴돌고 있다는 것을 알아야 한다. 이야기 속에 나오는 두더지가 열심히 찾아다녔던 세상에서 가장 힘센 사윗감은 해도 구름도 바람도 돌미륵도 아닌 바로 두더지였다. 먼 여행을 통해서 비로소 깨닫게 된 것은 행복은 멀리 있는 것이 아니라 가까이 있다는 사실이다. 여기서 딸의 신랑감은 바로 행복을 상징한다. 서술자는 이 설화를 통해서 '행복'이 멀리 있는 것이 아니고, 우리 주위 가까운 곳에 자리한다는 사실을 아이들에게 알려 주고 싶었던 것이다.

『탄탄 우리 옛이야기—사윗감 찾는 두더지』[124)에서도 이 이야기를 여러 방면에서 활용하고 있었다. 서술자는 두더지 부모

---

124) 신지윤, 『탄탄 우리 옛이야기—사윗감 찾는 두더지』, 서울:여원미디어, 2010.

처럼 가까이 있는 사윗감을 몰라보고 온 세상을 힘들게 돌아다니는 행동과 결합하여, 이야기 끝에 등잔 밑이 어둡다는 속담을 제시하였다. 이 속담은 "대상에서 가까이 있는 사람이 도리어 대상에 대하여 잘 알기 어렵다"는 뜻인데, '쥐 혼인' 이야기와 결합하여 가까이 있는 사윗감을 몰라보고 온 세상을 힘들게 돌아다닌 두더지 부모의 행동을 통해서 멀리 있는 것은 알아도 정작 가까이 있는 것을 알지 못한다는 도리를 일깨워 준다. 본문의 내용을 통해서 알 수 있겠지만 이 서술자도 '쥐 혼인' 이야기를 통해 아이들에게 행복은 멀리 있는 것이 아니라 우리 곁에 있다는 삶의 철학을 가르쳐 주려고 하였다.

서술자의 이러한 관점은 다른 동화책에서도 비슷하게 나타나고 있다.

> 두더지 부부는 훌륭한 사윗감을 찾아 이곳저곳을 돌아다닙니다. 그러나 찾던 사윗감은 바로 두더지 마을에 있었지요. 우리는 언제나 좋은 것이 멀리 있다고 생각합니다. 그러나 따뜻한 마음으로 주위를 둘러보면 소중한 것은 언제나 가까이에 있다는 것을 깨닫게 됩니다.[125]

---

125) 신지윤, 『슝슝 옛이야기 속으로—사윗감을 찾아 나선 두더지』, 서울:여원미디어, 2010.

우리는 대개 자기가 타고난 가치를 뚜렷이 깨닫지 못합니다. 자신의 부족함을 곱씹으면 새로운 것을 찾아 채워야 한다고 생각하지요. 두더지 부부가 사위를 찾아 헤매는 고통스러운 여행은 곧 우리가 자신의 참된 가치를 모르기 때문에 겪는 혼돈의 시간을 상징합니다. 그러한 고된 과정을 통해 얻은 자존감 속에서 두더지 부부는 두더지 사위에 대해 진정으로 만족하고, 행복할 수 있었을 것입니다.126)

위 내용을 보면 알 수 있지만, 작품의 서술자는 이 이야기를 통해서 아이들에게 소중한 것은 늘 가까이에 있으니, 자신과 주변에 있는 것에 대해 긍정적으로 생각해야 하고, 자기가 타고난 가치를 알아야 진정한 행복을 찾을 수 있다는 교훈을 알려 주고 있다. 서술자는 두더지 부부가 사위를 찾아 헤매는 고된 과정을 통해서야 자신의 종족에 대해 만족하고 행복할 수 있었던 것처럼 아이들이 이 이야기를 읽으면서 자신도 그 속에서 두더지 부부와 같이 여행하게 되어 가까이에 있는 것의 가치를 발견하고 행복을 느낄 수 있도록 이 이야기를 활용하였다.

지금까지 '쥐 혼인' 설화를 활용한 한국 서술자들의 직접적

---

126) 김철모, 『호롱불 옛이야기—사윗감을 찾아 나선 두더지』, 네티즌리뷰, 2005.

인 논평을 살펴보았다. 이것들을 통해 한국에서 '쥐 혼인' 설화를 아동교육에 활용하게 된 주된 목표가 무엇인지 파악할 수 있었다. 즉 행복은 멀리 있는 것이 아니라 가까이에 있는 것이며 자신에 대한 긍정적인 사고를 가져야 한다는 것을 주제로 하고 있다. 여기서는 서술자들이 쥐에 대해 긍정적인 태도를 가지고 있지, 비판적인 의도를 보이지 않았다. 앞에서 분석한 것을 통해서 알 수 있겠지만 한국에 나와 있는 자료들은 이런 식의 주제화를 하지 않았다. 자기 세계에 대한 긍정적 생각보다는 현실을 비판하거나 소화의 흥밋거리로 즐기고 있는 정도로만 가거나, 운명은 바뀌지 않는다는 주제로 가고 있었다. 하지만 한국의 아동교육에서는 그러한 고유의 식을 타파하여 새로운 시각으로 이 설화를 활용하였다. 즉, '쥐 혼인' 설화의 이러한 주제 활용은 회귀 형식에 대한 분석을 제시한 필자 관점의 타당성을 다시 확인해 주었다.

중국 교과서 수록 현황을 보면 2023년 최신판 소학교 1학년 2학기 어문 교과서 제1단원에서 '쥐 혼인' 설화가 구어 교제 자료로 활용된다. 책에는 '쥐 혼인' 설화를 8컷의 그림으로 펼쳐 놓고 학생들에게 그림을 보면서 선생님이 들려주는 '쥐 혼인' 설화를 듣고 그 이야기를 직접 말해 보라고 했다. '쥐 혼인' 설화는 생생하고 재미있는 스토리와 반복적인 표현이 특징이며 각 스토리 간의 논리적 관계가 명확한 잘 알려진 민담으로서 이 설화를 통해 중국의 전통문화를 이해할 수 있고, 그 의미와 유머를 이해할 수 있다. 그림에서 쥐가 세상에서 제일 강한 사위를 찾으러 해, 구름, 바람, 벽, 쥐를 만나다가 결국은 고양이한테 가게 되었다. 여기서는 자신의 가치를 알고 자신을 긍정적으로 봐야 한다는 주제를 아이들에게 알려줄 뿐만 아니라 욕심이 넘치면 결국은 화를 당할 것이라는 경고도 같이 말해 주었다.

다음에 중국에서 아동교육으로서 주로 강조한 '쥐 혼인' 설화의 주제에 대해 알아보겠다. 앞에서도 언급하였지만, 중국의 설화집에서 나타난 이야기 구조는 두 유형으로 나눌 수 있다. 하나는 쥐에게 돌아가는 회귀 구조로 된 것이고, 또 하나는 고양이에게 가 잡아먹혀 버렸다는 비극적 결말로 끝나는 유형이다. 아동교육에서 이 이야기의 서사 구조는 바뀌거나 달라지지는 않았고 두 유형을 모두 활용하게 되었다. 서사 구조는 이렇게 두 가지가 있는데, 먼저 회귀 구조로 된 이야기들이 어떻게 활용되었는지에 대해 알아보겠다. 여기서도 주로 작품에서 나타난 서술자들의 평론을 통해 고찰하겠다.

먼저 대표적인 『中国古代哲理故事大观』에서127) '쥐 혼인' 설화의 주제가 어떻게 구연되었는가를 살펴보겠다. 이 동화집에 수록된 '쥐 혼인' 이야기 내용은 한국 동화책에 있는 내용과 비슷하게 구성되어 있어, 쥐 부모가 최고의 사윗감을 찾으려고 해, 구름, 바람, 벽을 차례로 찾아가지만 마지막에는 결국 동류인 쥐를 사위로 선정했다는 내용이다. 서술자는 이 이야기를 한 뒤에 '哲理点拨(일깨워 준 철리)'를 덧붙여 다음과 같은 교훈을 아이들에게 알려 주었다.

쥐 부모가 최고의 사윗감을 찾으려고 천신만고 끝에 찾은 자가 쥐에 불과하다. 자신과 제일 어울리는 자가 쥐인데 무엇 때문에 머리를 짜서 다른 자를 찾을 필요가 있을까? 결국 쥐의 지나친 허영심은 늘 남의 떡이 더 커 보인다는 원인에

---

127) 郝勇 主编, 『中国古代哲理故事大观』, 北京:海潮出版社, 2005.

있다. 세상에 정말 최강자가 있을까?

　뛰는 놈 위에 나는 놈이 있다는 속담의 뜻은 아무리 능력이 있는 자라도 그의 힘은 한계가 있는 것이기에 세상에 완벽한 자가 존재하지 않는다는 것이다. 그러므로 사람은 언제나 지나치게 잘난 체하거나 허영을 좋아하면 안되고 참되게 살아야 한다. 성공은 꾸준한 노력을 통해서 이루는 것이며 내실이 없는 환상은 소용이 없는 것이다. 겸허하게 가르침을 청하고 착실하고 진지하게 일을 처리해야 비로소 꿈을 이룰 수 있다.

　서술자는 직접적으로 자신의 논평을 제시하며, 세상에 완벽한 자는 존재하지 않으니 언제나 지나치게 잘난 체하거나 허영을 좋아하지 말고 참되고 올바르게 살아야 한다는 주제를 나타냈다. 그리고 이 이야기는 자신과 자신을 둘러싼 주변을 차분히 돌아보지 못하고 헛된 욕망을 꿈꾸지만 결국에는 원래의 자기 자신이 그 꿈을 실현하게 된다는 내용이다. 즉, 여기서는 이 이야기가 자신이 살고 있는 현실을 직시하지 못하고 다른 세계나 자기가 가지지 못한 것에 대한 막연

한 선망 때문에 정작 중요한 것을 놓칠 수도 있음을 경계하는 소재로 활용되였다.

또 서술자는 '쥐 혼인' 이야기에서 나타난 구혼 대상 화소의 상대적 우위성에 관심을 두어 사람마다 장단점 있다는 것을 아이들에게 알려 주기도 하였다.

"사람마다 제각기 자기의 장점도 가지고 있고 단점도 가지고 있다. 그러므로 지나치게 잘난 체하지 말고 남을 얕잡아 보지 마라."128)

'쥐 혼인' 이야기에는 소박한 변증법적 사상이 스며들어 있다. 누가 제일 위대한 사람인가? 하늘에 있는 것, 인간 세상에 있는 것, 큰 것, 작은 것을 같이 비교해도 답은 나오지 않았다. 해는 강하지만 구름이 해를 가릴 수 있고 벽은 바람을 막을 수 있지만 쥐가 벽을 무너뜨릴 수 있기 때문에 제일 위대한 것도 아니다. 만물은 저마다 본받을 만한 점이 있다. 즉 누구나 자기의 장점이 있다. "한 자의 길이도 짧을 때가 있고, 한 치의 길이도 길 때가 있다"라는 말이 있듯이 누구도 완벽하

---

128) [馬來西亞] 金龍魚出版社, 『老鼠嫁女』, 深圳:海天出版社, 2005.

지 않다. 여기서 서술자는 회귀에 대해서는 그다지 중시하지 않고 오히려 쥐의 속성에 대해 더 관심을 두었다. 쥐가 보잘것없지만, 벽에 구멍을 뚫을 수 있어서 최강자가 된 것처럼 사람도 제각기 자기의 장점과 단점이 있다. 서술자는 바로 이러한 점에 관심을 두어 '쥐 혼인' 설화를 통해 아이들에게 지나치게 잘난 체하지 말고 남을 얕잡아 보지 말아야 한다는 교훈을 주고 있다.

"「재주 겨루기」처럼, 이 이야기도 능력 있는 자가 많기 때문에 융통성 없는 시각으로 사람을 보지 말아야 한다는 도리를 우리에게 알려 주었다. 내가 무슨 재주를 가지고 있는지, 그리고 내 옆에 있는 친구들이 무슨 재주를 가지고 있는지에 대해 한 번 생각해 보세요."[129]

앞에서 분석한 내용을 통해서도 알 수 있지만, 중국 사람들은 '쥐 혼인' 설화가 가지고 있는 민속 기능을 중시하여, 이 설화를 민속 쪽으로 이끌었다. 하지만 현대에 들어, 이 설화의 '자기 긍정'이라는 새로운 주제가 생기게 되어 아동교육에

---

[129] 王丹丹, 『老鼠嫁女』, 哈尔滨: 黑龍江少年兒童出版社, 2006.

활용되었다. 두더지 부모는 사윗감을 찾아 나선 긴 여정 끝에 세상에는 절대 강자도 절대 약자도 없다는 깨달음을 얻었다. 독자들 역시 이 이야기를 읽으면서 그 속의 쥐와 함께 구혼 여행을 하면서 사람마다 상대적인 우위성을 가지고 있어서 옆 사람은 물론이고 자기에게도 능력이 있다는 것을 믿고 자기 긍정적으로 살아야 한다는 도리를 깨닫게 된다. 다시 말하면, 이 이야기를 통해서 아이들에게 세상 어느 것도 완전한 것이 없으며, 자신마다 소중한 가치를 지니고 있음을 일깨워 줄 수 있다는 것이다.

다음 비회귀 구조로 된 유형이 구현하는 주제에 대해 알아본다. 이 유형의 이야기들은 쥐가 더 강한 자를 찾다가 결국에는 고양이에게 잡아먹혀 버린다는 내용으로 구성되어 있다. 이야기 내용을 보면, 서술자가 쥐의 행동을 부정적으로 생각하고 있음을 알 수 있다. 쥐는 '가장 대단한 자'에 대한 맹목적인 추구 때문에 불행을 당하게 되었다. 이것은 이 유형의 설화에 대한 서술자의 평론을 통해서도 확인할 수 있다.

"맹목적으로 권세에 빌붙는 것은 무식한 표현이고 책임 없는 행동이다."130)

"스스로 강해져야 하고 강자에 아첨하지 마라. 아니면 멸망을 자초할 것이다."131)

쥐는 강해지기 위해 자신이 가장 대단하다고 여기던 해, 구름, 바람, 벽에게 구혼을 하였다. 그는 동류인 쥐가 벽을 이길 수 있는 존재임을 알고 나서도 만족하지 못하고 맹목적으로 자기의 천적에게 구혼을 하였다. 이때에 쥐는 고양이가 바로 자기의 천적이라는 것을 잊어버리고 오직 '가장 대단한 자'라는 조건만을 가지고 고양이에게 간 것이었다. 그는 바로 이러한 맹목적인 행동으로 강해지기는커녕 죽음에 이르게 되었다. 서술자들은 이와 같은 어리석은 행동에 초점을 두어 '쥐 혼인' 이야기를 아동교육에 활용하기도 하였다. 그리고 이 비회귀 형식으로 된 '쥐 혼인' 이야기의 비극적 결말을 통

---

130) 丁華民, 『小故事大智慧(4)―漏中的沙(下)』, 长春:吉林文史出版社, 2006.
131) 左夫, 『邊走邊悟: 尋找遺失的小智慧』, 北京:金城出版社, 2001.

해 아이들에게 스스로 강해져야 하며 맹목적으로 권세에 빌붙으면 멸망을 자초할 것이라는 도리를 일깨워 주고 있다.

마지막에 쥐가 고양이에게 잡아먹혀 버린다는 비극적인 결말은 아이들에게 분명한 교훈을 남겨 줌으로써 가치관의 혼란을 막아 줄 수 있다는 긍정적 측면이 있다. 하지만 어떻게 보면 고양이가 쥐를 잡아먹는다는 결말은 잔인한 행위로 여겨질 수 있다. 그리고 쥐 생명이 끝나는 것으로 구성된 이러한 결말 완결형 구조는 독자만이 가질 수 있는 상상의 공간을 제한해 버림으로써 창의성을 방해할 수 있다는 부정적 측면도 있어서 조심할 필요가 있다.

물론 아이들에게 경계심을 주기에 회귀 형식으로 된 '쥐 혼인' 설화로써는 설득력이 부족하다. 그래서 비극적인 결말의 설정이 필요한데, 앞에서 분석한 바와 같이 부정적 측면을 고려하여 '쥐 혼인' 설화를 개작할 필요가 있다. 예를 들어, 쥐가 고양이에게 가는 길에 자신이 고양이에게 먹힐 것이라는 것을 의식하게 되어 청혼하는 길을 더 이상 가지 못하고 오늘날까지도 결혼하지 못한다는 결말로 구성하면 될 것이다. 이러한 설정은 주제 의식을 확실하게 부각시키고 아이들에게 명확한 교훈을 줄 수 있을 뿐만 아니라 잔인한 설정으로 아이들에게 주는 부정적인 영향도 막을 수 있을 것이다.

2) 문학 치료

문학의 가장 원초적이고 기본적인 기능은 치료라고 할 수 있다. 문학의 치료 기능은 언어 기호 동물인 사람의 신체적, 정신적 건강을 유지하는 것이다. 문학은 그 발생 당시부터 인간의 정신 상태를 치료하는 것과 밀접한 관련이 있다. 다시 말해 문학 치료는 문학의 발생과 존재의 본연의 기능이다.

그리고 문학 치료는 인간의 삶을 대상으로 한 문학이라는 매개물을 가지고 인간의 마음을 다스리고 치유할 수 있는 상담 및 심리 치료의 한 방법이라 할 수 있다. 우리는 문학 작품을 읽는 동안, 작품 속 인물이 되어 작품의 배경과 사건들을 경험한다. 문학이라는 텍스트를 통하여 새로운 세계를 경험하기도 하고, 새로운 인물을 접하고 새로운 역사와 사건을 얻는다. 그리고 그러한 간접 경험을 통해 새로운 깨달음과 갖가지의 감정 및 지식을 얻는다. 이러한 새로운 것에 대한 경험 가능성은 문학이라는 장르의 가장 큰 매력이다.132)

이상의 이론과 결합하여 회귀 형식으로 된 '쥐 혼인' 설화는 단순히 소화의 흥밋거리 대상이 아닌 자기가 처한 세계에 대한 부정적인 심리 태도를 가진 사람들을 위한 심리 치료의 도구로 활용될 수 있다. 물론 이 설화를 어떻게 읽느냐에 따라서 치료의 도구로 활용할 수 있는지의 여부가 달라질 수 있다. '신분을 바꿀 수가 없다'라는 주장 혹은 징치하는 쪽의 주장을 한다면 문학 치료에 도움이 되지 않겠지만, 자신의 부정적 세계에서 자기에 대한 부정을 긍정으로 바꿀 수 있는 기능이 드러난다는 점에서 문학 치료에 원용될 가능성이 있다. 이러한 면에서 김균태 교수가 그 길을 열어 놓았는데, 본고에서는 그의 연구를 토대로 하여, 내담자의 범위를 더 확대해서 '쥐 혼인' 설화의 문학 치료 가능성에 대해 다시 제기하고자 한다.

쥐는 늘 어두운 땅속에 살고 있어서 자신의 세계에 대해서 부정적일 수밖에 없다. 이러한 부정적인 세계에서 벗어나기

---

132) 한호정,「문학치료의 교육적 활용 방안」, 한남대학교 석사학위논문, 2013:13.

위해서 그는 자신과 달리 대극적 관계에 있는 해를 구혼의 첫 상대로 삼았다. 하지만 구혼 과정에서 그는 구름이 해를 가릴 수 있고, 바람이 그런 구름을 휘날릴 수는 있지만 산(벽, 돌미륵)을 이길 수 없고, 오히려 자기가 바로 그 산(벽, 돌미륵)을 이길 수 있는 존재임을 알게 된다. 쥐는 이러한 고된 과정을 거치고 난 뒤에야 대단하다고 여겼던 자들이 그 나름의 능력이 있기는 하지만 한계가 있고, 자신도 그 속에서 충분히 잘하는 것이 있고 훌륭하고 소중한 존재임을 확인하게 된다.

 자기가 처해 있는 현실 공간에 대한 부정, 남의 떡이 커 보이는 그런 의식은 쥐에게만 아니라, 인간에게도 존재하고 있다. 그들은 지나치게 자신을 낮추며 필요 이상으로 자신을 비하하는 심리로 자기의 진정한 가치를 직시하지 못하게 되었다. 그리고 이러한 부정적인 인식은 개인뿐만 아니라 가정에서도 존재한다. 특히 많은 부모들이 자신의 아이를 남의 아이와 비교하며, 자신의 아이가 잘하는 점이 있음에도 그것을 제대로 보지 못하고 다른 아이의 장점만을 크게 보고 비교한다. 아이들에 대한 부모들의 이러한 부정과 불만족은 부모 자신에게 큰 고통을 줄 뿐만 아니라 아이의 자존심과 자신감에도 상처를 주게 된다. 이로 인해 아이는 소심한 성격과 억압된 성격을 갖게 될 뿐만 아니라 도전 정신이나 모험심도 부족해지게 된다. 이러한 사람들에게 '쥐 혼인' 설화는 내 아이도 잘하는 점이 있다는 것을 알게 하고 그 속에서 만족하고 행복을 느낄 수 있게 할 수 있다.

쥐가 자신의 가치를 알게 되어 자기를 긍정적으로 생각할 수 있었다는 것은 먼 여행을 통해서 실현할 수 있었던 것이다. 만약에 쥐가 그 여행을 시도하지 않았으면 자기가 처한 세계에 대해 끝까지 불만에 차 자기를 부정적으로 생각할 것이다. 그리고 쥐가 여행을 하게 된 계기는 자기가 도달할 수 없는 남의 세계에 대한 욕심 때문일 것이다. 쥐는 욕심을 내는 대로 시도한 후에야 그것은 불가능한 것임을 알았고 편안한 마음으로 제 분수를 지키면서 자기가 처한 세계에 대해 만족할 수 있었다.

이렇게 보면 욕망 자체가 나쁜 것이 아니다. 쥐가 욕망의 실현을 위해 구혼 여행을 하고 나서야 자기의 능력을 알게 된 것처럼 사람도 욕망의 여행이 끝남으로써 자기 것이 소중하다는 것을 알게 된다. 만약에 이 소망이나 욕망이 없었다면 이것을 찾을 수 없는 것이다. 따라서 욕망은 꼭 부정적인 것이 아니고, 관점에 따라서 긍정적으로 인식될 수 있다. '쥐 혼인' 설화는 바로 이러한 단서를 보여 주기 때문에, 자기가 처한 세계에 대해 부정적 심리를 가진 사람들의 심리 치료에 원용될 수도 있을 것이다.

문학 치료를 할 때에는 그 이야기를 들려준 것에서 끝나는 것이 아니고, 작품에서 쥐의 경험을 함께 체험해 나가면서 내담자의 내부에 정서적, 인지적 자극이 생성되어야 한다. 즉, 문학 치료에서 상담자가 내담자에게 쥐와 같이 구혼 여행이라는 욕망의 여행을 하도록 권장을 해야 자기 세계에 대해서 긍정할 수 있는 길을 열 수 있는 가능성이 있다. 자기 세계에 대해 늘 부정적으로 생각했던 사람이 긍정적으로 변화된 것은 이야기를 통해서가 아니라 욕망의 여행을 하고 나서야만 가능하다. 현실에 대해 만족하지 못하는 사람은 욕심

을 향해서 탐색을 해야 그 만족을 찾을 수 있다.133)

우리 인간은 삶에서 있을 법한 자기 자신이거나 자기가 처하고 있는 환경에 대한 부정적인 정서가 있기 마련이다. '쥐 혼인' 설화는 인간의 심리와 감정에 깊이 연관되어 있어 자기 부정적 심리를 가진 내담자의 치료에 좋은 자료가 될 수 있을 것이다.

---

133) 김균태, 앞 논문, 2013:29 참조.

제6장 비교 문학 관점에서 본 '쥐 혼인' 설화의 교육적 가치

　외국어 교육의 중요한 자원인 비교 문학은 언어 교육뿐만 아니라 학습자의 종합적인 자질과 능력의 발전을 촉진하는 임무를 맡고 있다. 외국어 교육은 오랫동안 많은 학자들의 관심을 받아 왔고 다양한 분야에서 효과적인 교육 방법을 모색하고 있다. 하지만 외국어 교육 차원에서 비교 문학의 교육적 가치를 논술하는 문헌은 제한적이다. 필자는 한·중 양국에 널리 퍼져 있는 '쥐 혼인' 설화를 중심으로 비교 문학 관점에서 교육 특히 외국어 교육에서의 가치를 연구해 보려고 한다. 이를 통해 외국어 학습자가 언어적 기초와 다문화적 의사소통 능력을 효과적으로 향상시킬 수 있는 방법을 모색하고자 한다.

1. 비교 문학의 교육적 가치

비교 문학은 두 나라 이상의 문학을 비교·연구하여 그들 사이의 연관성과 영향 관계를 실증적으로 밝히거나, 각국의 문학적 특성을 상호 비교적인 관점에서 연구하는 학문이다. 비교 문학의 특징은 매우 뚜렷하여 '비교'라는 두 글자에서 두드러지게 나타난다. 따라서 비교 문학의 가장 큰 특징은 인종, 시간, 공간, 학문을 아우르는 문학, 문화, 언어 등 다양한 문학 분야의 콘텐츠를 연구 대상으로 한다는 점이다.

독립적인 '학술적 학과'로서 비교 문학은 실제로 언어 교육과 통한다. 교사가 비교 문학의 개념과 학문적 내용을 외국어 교육에 잘 적용할 수 있다면 학생들이 문화적 배경을 가진 언어를 사용할 수 있는 능력을 갖게 될 것입니다. 이 밖에도 비교 문학법을 학생들의 외국어 학습의 연장선으로 활용할 수 있다. 이렇게 하면 외국 문학과 문화에 대한 흥미를 자극할 수 있을 뿐만 아니라 외국어를 배우는 일반적인 방법을 최적화할 수 있다. 또한 학생들이 다른 문학과의 비교에서 그 언어의 문화적 의미와 사용 기술을 습득하도록 촉진할 수 있다.

외국어 교육을 할 때 교사가 비교 문학 연구 방법을 교육 과정에 도입하면 학생들이 변증법적 시각으로 언어문화를 바라보게 할 수 있다. 학생들은 언어 지식을 배우는 동시에 언어 문학의 소양을 높일 수 있으며 교사도 근본적으로 교육 개념을 업데이트하고 전통적인 이론 위주의 교육 개념을 버릴 수 있다. 이렇게 되면 학생들이 배운 언어 학습에 더 잘 적응할 수 있고, 외국 문학과 문화에 대한 흥미를 통해 학습의 자율성을 강화함으로써 교사의 수업 효율도 크게 높일 수 있다.

비교 문학의 학문적 연구 내용과 과정을 살펴보면, 그 연구 방법은 외국어 교육의 모든 측면에 매우 적합하다. 언어 교육 자체는 언어의 문화적 배경과 문학적 특성을 숙지해야 하기 때문에 비교 문학은 학생들을 언어 학습에 좋은 환경으로 쉽게 이끌 수 있다. 학생들이 문화를 이해하는 과정에서 배운 언어에 대한 형상화된 인식을 갖게 되어 학생들의 외국어 실용화 능력을 강화할 수 있다.

2. '쥐 혼인' 설화의 교육적 가치

1) 언어적 가치

언어 지식 습득에 있어 한·중 양국이 공유하는 '쥐 혼인' 설화를 외국어 수업에[134] 접목하면 학생들의 학습 효율을 크게 높일 수 있다. 전체적으로 보면 이 설화의 내용은 아주 단순하다. 쥐는 순환적인 청혼을 한 후 결국 쥐와 결혼하기로 결정했다. 모든 상대와의 대화는 기본적으로 동일한 내용이고 상대방도 같은 방식으로 대답했다. 이러한 연속 반복적인 언어 사용 방법은 외국어 초급 단계의 학생들의 언어 습관에 부합하여 외국어 학습자가 받아들이기 쉽다.

이 설화가 학습자의 구두 표현 능력 발달에도 도움이 된다.

---

134) 여기서 '외국어 수업'이란, 중국인의 한국어 수업과 한국인의 중국어 수업을 의미한다.

'쥐 혼인' 설화에는 쥐, 해, 구름, 바람, 산 등이 구성 요소로 등장한다. 이들은 서로가 유기적 관계를 맺고 있으며, 쉽게 기억하고 구술할 수 있는 체계적 구조를 형성하고 있다. 따라서 학생들에게 이야기를 하게 할 때 일부가 망각되어도 전후 관계를 보아 망각된 부분을 보충할 수 있다.

자국 언어로 된 '쥐 혼인' 설화의 대략적인 내용을 먼저 알게 한 뒤 상대국 언어로 된 '쥐 혼인' 설화의 문장을 읽게 하는 방법을 사용할수 있다. 두 나라에서 유전하고 있는 이야기가 대체로 비슷한 데다 생동감 있고 재미있는 줄거리와 단순하고 소박한 언어 표현 때문에 학생들이 읽기에 큰 어려움이 없을 것이다. 그러므로 이 설화는 외국어를 배우는 학생들의 인지 발달 특성에 잘 맞고 학생들이 쉽게 받아들일 수 있고 기꺼이 받아들일 수 있는 독서 학습 자료가 될 것이다.

2) 문화적 가치

외국어 학습자가 외국어의 표현 방식에 순응하려면, 외국어의 듣기 · 말하기 · 읽기 · 쓰기에 힘써야 할 뿐만 아니라,

언어 이면의 깊은 문화적 함의를 배우고 이해해야 한다. 그리고 한·중 양국의 다른 문화 형태와 그 문화 형태가 언어 교제에서의 표현도 배워야 한다. 학생들이 점차 명확하고 직설적인 저언어 환경 문화에서 모호하고 완곡한 고언어 환경 문화로 접근해야 고급 수준으로 도약할 수 있다. 즉 문화적 관점에서 둘의 차이를 이해해야 그 언어의 본질적 특징을 익히고 한국어를 잘 배울 수 있다.

'쥐 혼인' 설화에는 그 나라의 풍속 문화 내용이 많이 담겨 있다. 한·중 '쥐 혼인' 설화를 비교함으로써 학습자의 외국어 지식을 늘릴 수 있고, 학습자의 시야를 넓힐 수 있으며, 학습자가 외국 생활에 더 잘 적응할 수 있다. 예를 들어 등장 화소의 차이를 통해 중국의 벽문화, 쥐에 대한 경건함과 증오심, 한국의 석불문화 등을 알 수 있다. 또한 사연의 내용을 보면 결혼 상대를 선택하는 데 있어 부모가 주도적인 역할을 한다는 것을 알 수 있다. 이러한 점에서 혼인도 부모의 명령에 따라야 한다는 전통 사회의 유교적 가부장제 풍습을 알 수 있다.

앞의 분석에서 알 수 있듯이 한국과 중국의 '쥐 혼인' 설화를 비교함으로써 양국의 윤리 관념, 종교적 신념, 풍습 등에 대한 이해가 깊어져 교제가 더욱 원활해질 수 있다. 이야기 속 문구, 인물 캐릭터, 스토리 등에는 엄청난 양의 지식 정보가 담겨 있다. 비교 문학을 외국어 교육에 잘 활용하면 은연중에 학습자의 문화 인지 능력 발달이 촉진될 것이다.

3) 사상적 가치

설화에는 그 민족의 지혜와 힘, 그리고 도덕관과 가치관이 담겨 있다. '쥐 혼인' 설화에는 행복한 삶에 대한 아름다운 해석이 담겨 있다. 이 설화에서는 옥에도 티가 있고 완벽한 사람이 없다는 이치를 서술하였다. 아무리 위대한 사람이라도 결점이 있기 때문에 맹목적으로 남을 숭배할 필요가 없고, 자신을 믿어야 모든 어려움을 이겨낼 수 있다. 이것들이 모두 '쥐 혼인' 설화의 풍성한 우의이기도 한다. 어찌 보면 '쥐 혼인' 설화는 하늘 높은 줄 모르고 맹목적인 유아독존자들을 풍자하고 있다. 자신을 비하하고, 자신감이 없고, 자신의 능력을 인식하지 못하는 사람들을 이 이야기로 경계한다. 이것은 자신의 종족에서 벗어나기란 참으로 어렵다는 옛 인도 판본의 설명과는 거리가 멀다.

또 이야기 초반부터 세상에서 가장 강한 배우자를 찾아 주려는 부모의 애정이 느껴진다. 교사도 이런 관점에서 접근해 이 이야기를 통해 학생들에게 효도 교육을 시킬 수 있다. 이야기를 외부 도덕의 주체로 삼고, 이야기 속에 묘사된 예술적 이미지와 전달된 정신적 요지는 학습자에게 은연중에 영향을 미칠 것이다. 학습자는 이야기 속 인물의 행동을 관찰하고 이해함으로써 도덕적 이해를 얻으며 특히 학생들이 롤플레잉 형식으로 이야기를 재현할 때 이야기에 담긴 도덕적 의미를 더 깊이 느낄 수 있다.

지금까지 본고에서는 한·중 양국에 널리 퍼져 있는 '쥐 혼인' 설화를 중심으로 비교 문학 관점에서 교육 특히 외국어 교육에서의 가치를 연구해 보았다. 외국어 교육이 보다 효과적으로 이루어질 수 있도록 앞으로 비교 문학 의식을 더욱 강화해야 한다. 다른 나라의 언어 문학을 공부할 때는 자기

나라의 문학과 문화에 대해 높은 민감도와 통찰력을 유지해야 한다. 단순한 언어 학습이 아니라 비교 문학을 통해 학습의 목적과 의미가 대화와 소통에 있음을 알아야 한다. 그래야 학생들이 문학·문화 교류 과정에서 스스로 세계로 뻗어 나가는 중책을 맡을 수 있다.

제7장 결론

  지금까지 본고에서는 세계적으로 널리 분포되어 있는 '쥐 혼인' 설화 특히 중국과 한국의 것을 수집 분류하고 비교 연구를 하였다. 문헌으로 보면 '쥐 혼인' 설화는 인도의 대설화집인 『판차탄트라』와 『카타사리트사가라』에서 최초로 발견되므로 제2장에서는 이 두 작품에 수록된 '쥐 혼인' 설화에 대해 분석해 보고 이 설화의 전파에 대해서 고찰하였다. 『판차탄트라』에 있는 '쥐 혼인' 설화의 중심 사상은 아무리 변신하더라도 그 원래의 본성은 변하지 않을 것이고, 자기가 원래 속하는 종족으로 되돌아가고 싶은 마음 역시 변하지 않을 것이라는 교훈성을 강조하는 것이다. 하지만 『카타사리트사가라』는 자기의 종족에서 벗어났더라도 나중에 꼭 다시 되돌아가게 될 것이라는 교훈을 전달해 주는 점에 중심을 두었다. 그리고 '쥐 혼인' 설화의 전파에서 문헌에 의한 전파와 구비에 의한 전파 두 가지 전파 방식을 결합하여 '쥐 혼인' 설화의 전파에 대해 알아보았다. 분석한 결과 '쥐 혼인' 설화는 인도에서 출발하여 중국을 거쳐 한국에 전파되었으리라는 결론을 내렸다.

제3장에서는 서술자의 서사 의도와 각각 가지고 있는 주제에 따라 한국과 중국의 '쥐 혼인' 설화를 유형화하였다. 한국은 '흥미 유지형'과 '세태 풍자형'으로 나누었고, 중국은 '흥미 유지형', '세태 풍자형', '민속 유래 설명형' 세 가지로 나누었다. 한국 설화의 각편 유형을 보면 흥미 유지형에 속한 각편들은 거의 모두 한국의 설화집이나 민담집에 수록되어 있는 유화들이고, 세태 풍자형에 속한 각편은 거의 문헌에 수록되어 있는 각편들이다. 이 각편들을 살펴보면 설화적 내용을 충실하게 전달하는 것도 있고, 작품의 우의를 강조하여 서술한 것도 있다. 흥미 유지형은 대부분 일반적인 삶의 교훈을 가감 없이 묘사한 것이고, 세태 풍자형은 당시 사회 상황 특히 혼인에 대한 왜곡된 인식을 풍자하고 비판하는 데 힘을 기울인 것이었다.

중국의 흥미 유지형에 속하는 각편을 보면 비록 회귀 과정에서 나타나는 사물이 첨가되기도 하고 바뀌기도 하지만 마지막에 쥐를 선택한다는 결말은 공통적이었다. 세태 풍자형 설화는 '쥐 혼인' 화소를 유지하며 고양이를 등장시켜 회귀 구조를 타파하였다. 흥미 유지형에서는 동류끼리 어울려야 한다는 철리를 보여 준다면 이 유형의 설화에서는 한없는 욕망을 자제하지 않을 경우 비극이 된다는 우의를 더 심각하게 전해 주었다. 민속 유래 설명형은 민속적인 내용을 추가하여 설화의 교훈성을 감소시키고 '쥐 민속'에 대한 해석에 관심을 기울였다. 이 유형에 속한 설화들을 통하여 민간에서 전승되고 있는 쥐에 관한 풍속의 원유, 그리고 쥐에 대한 사람들의 경외심과 쥐를 쫓아내려는 이중적인 심리를 볼 수 있었다.

한국과 중국 두 나라 각편들의 양상을 살펴보면 한국은 '쥐 혼인' 설화가 가지고 있는 풍자성에 대해 더 큰 관심을 가지고 있었던 것으로 보인다. 그 반면에 중국에서는 이 설화가 가지고 있는 풍자성에 대해서도 관심을 가지고 있지만, '쥐 혼인' 설화의 주인공인 '쥐'라는 소재에 착안하여 그 민속적 의미를 더 중요시하였다. 크게 보면 이는 나라 간의 문화적 차이가 되겠지만, 좀 더 실질적으로는 한·중 양국 화중의 생활 환경과 감각이 반영된 결과라 할 수 있다. 또한 이로써 '쥐 혼인' 설화에 한·중화된 교훈성과 민속성이 더 많이 가미되는 결과를 가져온 것으로서도 주목할 수 있다.

제4장에서는 먼저 '쥐 혼인' 설화가 가지고 있는 공통적인 서사단락을 도출하고 이 공통 서사단락의 구조적 의미에 대해서 분석하였다. 등장한 구혼 대상의 변화나 공간의 이동에서 볼 때 이 설화의 가장 눈에 띄는 특징은 회귀 구조를 가지고 있다는 것이다. 회귀적 구조는 일반적으로 주인공이 여행을 떠나 모험을 마치고 원래의 자리로 돌아오는 패턴이다. 시련을 통한 인물들의 성숙과 귀향이라는 안정감을 강조하기 위한 장치로 이용된다. '쥐 혼인' 설화에서도 쥐가 회귀하는 과정을 통해서 자신의 가치를 인식하게 되고 행복감을 느끼게 된다.

그다음은 앞에 정리된 한·중 '쥐 혼인' 설화의 공통 서사단락을 기반으로 한·중 '쥐 혼인' 설화에서 나타난 구혼 대상 화소의 변이와 첨가에 대해 살펴보았다. 중국의 각편은 기본형과 비교했을 때 결혼 상대를 찾는 과정에서 '달', '비', '물소', '사람', '벽', '고양이' 등의 사물 첨가와 교체가 나타났다. 그중에 바람을 이길 수 있는 존재가 '산'이 아니라 '벽'으로 바뀌게 된 점과, 결말에 '쥐'에서 멈추지 않고, '고양이'를 추가한 점은 특징이라고 할 수 있다. 이것은 구전 과정에서 필연적이고 자연스럽게 나타난 변이 양상이라고 해석할 수도 있고 중국적 자국화라고 해석할 수도 있다. 한국 '쥐 혼인' 설화의 등장 화소를 총체적으로 보면, 기본형에서 바람을 이길 수 있는 존재가 '산'으로 되어 있는데, 한국 각편에서 거의 '돌미륵'으로 되어 있다. 그리고 '쥐'가 '두더지'로 바뀌는 각편도 많이 전승되어 있다. 구혼 대상 화소가 '돌미륵'으로 변이되는 것은 한국인의 미륵 신앙과 밀접한 관계가 있을 것이고, '쥐'가 '두더지'로 변하는 것은 이야기를 더 정당화시키려는 것으로 보인다.

한·중 양국 '쥐 혼인' 설화의 각편들을 살펴보면 사회 문화의 변화나 구술자의 지향 등 여러 외부 상황에 따라 혼인 주도 인물이 다르게 설정된 것을 발견할 수 있다. 본고에서는 이야기의 혼인 주도 인물을 '가장', '어머니와 딸', '딸' 세 경우로 나누어 살펴보았다. 전체적으로 볼 때 한·중 '쥐 혼인' 설화에서는 가장이 주도적 역할을 하는 각편이 우세하다. '쥐 혼인' 설화가 가장 중심으로 전개된다는 것은 전통 사회의 유교적 가부장제 이야기 구조라고 할 수 있다. 주동 인물이 '가장'에서 '어머니와 딸'로 변이되는 것은 전통 사회의 부모 중심 혼인관에서 자기주도 혼인관으로 변하게 되는 과도기적 모습이라고 할 수 있다. 딸이 주동 인물로 설정된 이야기는 한국이나 중국이나 모두 전승되고 있다. 쥐나 두더지가 자신의 혼사를 위하여 스스로 찾아다니는 경우가 나타나는 것은 자기 주도적 혼인관이 확산되는 현실이 반영된 결과라고 할 수 있다. 이런 자기 주도적 가치 확산을 통해 당시의 여권 신장이 어떠했는지 엿볼 수 있다.

  제5장에서는 오늘날의 한·중 '쥐 혼인' 설화의 수용과 활용에 대하여 고찰하였다. '쥐 혼인' 설화는 특이한 구조를 가지고 있으며 내용적으로 흥미로운 데다 채록자 자신만의 이

념적 우의를 부여하기에 적합한 이야기이기 때문에 한국과 중국의 많은 사람들에게 여러 방식으로 수용되었다. '쥐 혼인' 설화 구조의 수용은 두 나라의 우언과 설화에서 드러나고 있다. 본고에서는 먼저 각 수용 작품의 내용을 분석하고 '쥐 혼인' 설화와 비교함으로써, '쥐 혼인' 설화와 각 작품 간의 주제 의식과 변용 상황을 고찰하였다. 그리고 다양한 시각에서 '쥐 혼인' 설화가 지니는 성격과 의미를 파악해 보았다.

'쥐 혼인' 설화는 한국과 중국의 현대 아동교육에 활용되고 있다. 본고에서는 주로 '쥐 혼인' 설화를 아동교육으로 활용한 서술자들의 의도에 관심을 두어, 아동들에게 가르치려 한 이 설화의 주제가 무엇인지를 확인하고, 본고에서 비교 분석한 내용과 대조해 보았다. 과거 한국에서는 '쥐 혼인' 설화를 현실 비판의 도구나 소화의 흥밋거리 정도로만 받아들이고 있었다. 하지만 요즘은 이러한 고유 의식을 타파하여 '행복은 멀리 있는 것이 아니라 가까이에 있다'는 긍정적인 주제로 보고 아이들에게 알려 주고 있다. 중국에서는 '쥐 혼인' 설화를 자기긍정의 주제로 보기도 하였으나, 맹목적으로 권세에 빌붙지 말라는 경계를 직설적으로 표현하여 풍자하기도 한다.

또 문학 치료에서도 '쥐 혼인' 설화의 활용이 보인다. 신분을 바꿀 수가 없다는 도리 혹은 징치하는 주제를 부각한다면 문학 치료에 도움이 되지 않지만, 자신의 부정적 세계에서 자기에 대한 부정을 긍정으로 바꿀 수 있는 기능이 드러난다는 점에서 문학 치료에 원용될 수 있다. '쥐 혼인' 설화 속에는 우리 인간의 삶에서 있을 법한 부정이거나 자기가 처하고 있는 환경에 대한 부정적인 정서가 펼쳐져 있다. 인간의 심리와 감정에 깊이 연관되어 있는 이 이야기를 체험함으로써, 치료자는 내담자를 이 작품과의 상호 작용 속에서 부정적인 정서와 심리 등을 긍정적 사고로 바꾸게 될 가능성이 있을 것이다.

이상의 연구를 통해 한국과 중국에서 전승되고 있는 '쥐 혼인' 설화에 대해 나름의 기준을 통해 분류하고 그 변이 양상과 의미를 살펴보았다. 특히 '쥐 혼인' 설화의 전승 양상에서 끝내지 않고 그의 현대적 수용과 활용에까지 접근해 보았다. 이러한 고찰은 기존의 '쥐 혼인' 설화 연구에서 거의 다뤄지지 않았을 뿐만 아니라 '쥐 혼인' 설화에 대한 새로운 의미를 천착했다는 점에서 그 의의를 찾을 수 있다.

제6장에서는 한·중 양국에 널리 퍼져 있는 '쥐 혼인' 설화를 중심으로 비교 문학 관점에서 교육에서의 가치를 연구해 보았다. 한·중 양국의 '쥐 혼인' 설화를 비교 분석함으로써 외국어 교육에서 '쥐 혼인' 설화는 학습자의 언어 및 문자 능력, 문화 인식을 함양할 수 있을 뿐만 아니라 종합적인 소양을 향상시킬 수 있음을 발굴해 냈다. 그리고 이 설화는 학생들이 올바른 가치관, 인생관, 세계관을 형성할 수 있는 토대를 마련할 수 있고 학생들이 좋은 개성과 건전한 인격을 형성할 수 있도록 도울 수 있다.

'쥐 혼인' 설화는 국제적으로 널리 분포되어, 세계의 광포 설화임을 앞서 밝혔다. 하지만 본고의 연구에서는 주로 한국과 중국의 자료를 비교 분석하면서 그 특징을 밝히는 데에만 치중하였다. 때문에 좀 더 심도 있는 논의가 되기 위해서는 다른 나라들의 자료를 보완하고 그들을 대등하게 비교해 탐구할 필요가 있다. 이에 대한 지속적인 연구는 다음의 연구 과제로 남겨 둔다.

참고 문헌

[1] 강영순. 柳夢寅 文學 硏究. 단국대학교 석사학위논문, 1986.

[2] 강영순. 동아시아 순환오류형 형식담의 우언적 소통 비교 연구. 韓民族語文學 第45輯, 2004.

[3] 강영순. 야담의 우언적 소통 고찰. 韓民族語文學. 第43輯, 2003.

[4] 강은해. 한국설화문화연구. 대구: 계명대학교 출판부, 2005.

[5] 강재철. 한국설화문학의 탐구: 한국설화의 전통적 접근. 서울: 단국대학교 출판부, 2009.

[6] 강현모. 한국 설화의 전승 양상과 소설적 변용. 서울: 역락, 2004.

[7] 강현모. 悲劇的 將帥說話의 硏究. 한양대학교 박사학위논

문, 1994.

[8] 강현모. 公案說話의 硏究. 한양대학교 석사학위논문, 1986.

[9] 고상안. 효빈잡기. 대구: 계명대학교 출판부, 2007.

[10] 공영선 외. 중국소수민족설화집. 서울: 국학자료원, 1994.

[11] 김광순. 의인소설의 사적 전개와 문학적 성격. 어문논총, 1982.

[12] 김균태. '쥐(두더지) 혼인담'의 서사적 의미와 문학치료 활용. 문학치료연구, 2013(6).

[13] 김남형. 태촌 고상안의 『효빈잡기』에 대하여. 漢文敎育 硏究, 1996.

[14] 김대성. 「장끼전」 연구. 한국교육대학교 석사학위논문, 1991.

[15] 김대숙. 韓國說話文學硏究. 파주: 집문당, 1994.

[16] 김동욱. 한국가요의 연구. 서울: 삼문사, 1975.

[17] 김명수. 중국민화. 고양: 공동체, 1994.

[18] 김미숙. 韓國 說話 文學에 있어서의 꿈의 硏究. 익산: 圓光大學校, 1985.

[19] 金三龍.「한·중·일 미륵 신앙의 현상」. 한국종교, 1990.

[20] 金烈圭·成耆說·李相日·李符永. 民談學槪論─傳播論에서 構造主義까지. 서울: 一潮閣, 1982.

[21] 김영. 訥隱 李光庭 文學硏究. 연세대학교 박사학위논문, 1987.

[22] 김원용. 韓國 장승의 造形的 特徵에 관한 硏究. 弘益大學校 석사학위논문, 2003.

[23] 김진수. 夢遊野談연구─筆記의 관점에서. 고려대학교 석사학위논문, 1997.

[24] 김현룡. 한국문헌설화. 서울: 건국대학교 출판부, 1998.

[25] 김현식. 韓國文化상징사전. 속초: 동아출판사, 1992.

[26] 김화경. 韓國說話의 硏究. 경산: 嶺南大學校 出版部, 1987.

[27] 김화경. 한국의 설화. 서울: 지식산업사, 2002.

[28] 김열류·성기열·이부영·이상일. 民譚學槪論. 서울: 一

潮閣, 1982.

[29] 柳夢寅. 어우야담. 신익철 등 역. 파주: 돌베개, 2006.

[30] 睦楨培. 韓國彌勒信仰歷史性. 韓國思想史學. 서울: 서문문화사, 1994.

[31] 申惠景. '三言'을 통해 본 明代 婚姻樣相 硏究. 淑明女子大學校 석사학위논문, 2011.

[32] 文德守. 世界文藝大詞典. 광주: 成文閣, 1975.

[33] 모봉구. 설화의 재발견. 서울: 눈과마음, 2006.

[34] 문상회. 한국민간신앙의 자연관. 신학논단, 1972.

[35] 野村純一. 關於神仙傳說與日本民間故事老鼠嫁女:比較傳說方法. 中國耿村國際學術討論會論文集, 1991.

[36] 說話學原論. 尹勝俊・崔光植 역. 서울: 啓明文化社, 1992.

[37] 尹用植・崔來沃. 口碑文學槪論. 서울:韓國放送通信大學出版部, 1989.

[38] 민찬. 조선후기 우화소설의 다층적 의미 구현양상. 서울대학교 박사학위논문, 1994.

[39] 박경휘. 조선민족혼인사연구. 대전: 한남대학교 출판부, 1992.

[40] 박용식. 韓國說話의 原始宗敎思想硏究. 서울: 一志社, 1984.

[41] 백승욱. 스페인 중세문학에 나타난 판차탄트라의 전파와 수용 양상 연구. 외국문학연구, 2011.

[42] 서울특별시 문화재위원회. 서울 民俗大觀. 口傳說話編, 1994.

[43] 소재영. 韓國說話文學硏究. 서울: 숭실대학교 출판부, 1984.

[44] 손진태. 韓國民族說話의 硏究. 서울: 乙酉文化社, 1947.

[45] 신지윤. 탄탄 우리 옛이야기—사윗감 찾는 두더지, 서울: 여원미디어, 2010.

[46] 심익운. 百一集. 서울: 서울대학교 규장각 도서.

[47] 양승민. 우언의 서사문법과 담론양상. 서울: 學古房, 2008.

[48] 양승민. 寓言의 서술방식과 소통적 의미. 고려대학교 석사학위논문, 1996.

[49] 어우야담. 유용인・신익철 등 역. 파주: 돌베개, 2006.

[50] 유민. 牽牛織女 설화의 변이양상과 그 의미연구. 한국외국어대학교 석사학위논문, 2012.

[51] 윤승준. 朝鮮時代 動物寓言의 傳統과 寓言小說. 단국대학교 박사학위논문, 1997.

[52] 윤주필. 한국 우언산문 선집. 서울: 박이정, 2008.

[53] 李光庭. 訥隱集. 대구: 啓明文化社, 1988.

[54] 李光熙. 世界文藝大詞典. 서울: 瑞音出版社, 1983.

[55] 이동준. 황진이 설화의 문학적 연구. 語文學, 1997.

[56] 이미경. 訥隱李光庭의 亡羊錄 研究. 단국대학교 석사학위논문, 1989.

[57] 이상옥. 韓國의 歷史. 파주: 敎文社, 1961.

[58] 이우성・임형택. 이조한문단편집(하권). 서울: 일조각, 1978.

[59] 이은주. 우화소설의 인물 교육 연구―인물 형상화 방식을 중심으로. 서울대학교 석사학위논문, 2010.

[60] 李遇駿. 夢遊野談. 洪性南編. 서울: 寶庫社, 1994.

[61] 이혜옥. 옛이야기 요술항아리―두더지 딸 신랑감 찾기. 의왕: 아람, 2012.

[62] 임석재. 韓國口傳說話. 서울: 평민사, 1987.

[63] 임석재. 임석재전집(10). 서울: 평민사, 1987.

[64] 임석재. 임석재전집(8). 서울: 평민사, 1987.

[65] 張德順. 韓國說話文學硏究. 서울:서울대학교 출판부, 1987.

[66] 張德順. 韓國文學史. 서울: 同和文化社, 1977.

[67] 張德順. 韓國文學의 淵源과 現場. 파주: 集文堂, 1986.

[68] 張德順. 說話文學槪說. 서울: 二友出版社, 1980.

[69] 趙東一 등. 韓國口碑文學大系. 別冊附錄(Ⅰ): 한국설화 유형분류집. 성남: 한국정신문화연구원, 1989.

[70] 著者未詳. 기관(奇觀). 刊年未詳. 서울대 소장 필사본.

[71] 著者未詳. 溪鴨漫錄. 刊地未詳. 서울대학교 중앙도서관 소장. 刊年未詳.

[72] 山崎元一. 인도사회와 신불교 운동. 전재성・허우성 공역. 광주: 웅진출판, 1998.

[73] 정상박·유종목. 韓國口碑文學大系. 성남: 한국정신문화연구원, 1980.

[74] 정희자. 16, 17세기 문헌 설화에 나타난 사회 비판적 성격 고찰. 인문학연구, 2002.

[75] 조동일. 韓國說話와 民衆意識. 서울: 정음사, 1985.

[76] 조희웅. 韓國說話의 類型的 硏究. 서울: 韓國硏究院, 1983.

[77] 조희웅. 韓國설화의 硏究. 서울: 崇田大學校, 1969.

[78] 진 쿠퍼. 세계문화상징사전. 이윤기 역. 서울: 까치, 1994.

[79] 지춘상. 韓國口碑文學大系(6-2). 성남: 한국정신문화연구원, 1981.

[80] 진경환. 野談의 士大夫的 指向과 그 變改樣相. 고려대학교 석사학위논문, 1983.

[81] 최철. 설화·소설의 연구. 서울: 정음사, 1984.

[82] 최래옥. 설화구조론. 황패강 외. 한국문학연구입문. 서울: 지식산업사, 1982.

[83] 崔來沃. 韓國口碑傳說의 硏究. 서울: 一潮閣, 1981.

[84] 최운식. 韓國說話文學硏究. 파주: 集文堂, 1991.

[85] 최운식. 한국 서사의 전통과 설화문학. 서울: 민속원, 2002.

[86] 최운식·김기창. 전래동화교육론. 파주: 집문당, 1998.

[87] 최운식·김기창. 전래동화 교육의 이론과 실제. 파주: 집문당, 1998.

[88] 최정여·강은해. 韓國口碑文學大系(7-4). 성남: 한국정신문화연구원, 1980.

[89] 최정여·강은해. 韓國口碑文學大系(8-6). 성남: 한국정신문화연구원, 1981.

[90] 최형원. 중앙아시아의 구비 설화―판차탄트라의 터키와 몽골 전파에 관한 약술. 몽골학, 2003.

[91] 판 디트 비쉬누 샤르마. 판차탄트라. 서수인 역. 대구: 태일, 1996.

[92] 한국외국어대학교 외국학종합연구센터. 세계의 혼인문화. 서울: 한국외국어대학교 출판부, 2005.

[93] 한국민족문화대백과사전편찬부, 민족문화대백과사전(8). 성남:한국정신문화연구원, 1995.

[94] 한국정신문화연구원 어문학연구실. 韓國口碑文學大系 (1-7). 서울: 고려원, 1982.

[95] 한기호.「해와 달이 된 오누이」설화의 신화적 성격 연구. 창원대학교 박사학위논문, 2005.

[96] 한남제. 인도의 결혼・가족 제도와 여성의 사회적 지위. 경북대학교 사회과학연구소, 1999.

[97] 한봉숙. 민담과 소수민족 이야기(중국 편). 서울: 국학자료원, 1997.

[98] 한호정. 문학치료의 교육적 활용 방안. 한남대학교 석사학위논문, 2013.

[99] 旬五志. 李民樹 역. 서울: 乙酉文化社, 1971.

[100] 황인덕. '두더지 혼인' 설화의 印・中・韓 비교고찰. 語文硏究, 2005(48).

[101] [印] 月天. 故事海選. 黃寶生・郭良鋆・蔣忠新 역. 北京:人民文學出版社, 2001.

참고 문헌 237

[102] 白庚勝. 中國民間故事全書(河南・澠池卷). 北京:知識産權出版社, 2009.

[103] 白庚勝. 中國民間故事全書(吉林・前郭爾羅斯卷). 北京: 水利水電出版社, 2009.

[104] 陳克勤・符策超. 中國民間故事集成・海南卷. 北京:中國ISBN中心, 2002.

[105] 陳麗珠. 民間故事粉墨登場:以「老鼠娶親」兒童劇爲例. 臺湾台東大學碩士学位論文, 2006.

[106] 陳蒲淸. 世界寓言通論. 長沙: 湖南教育出版社, 1990.

[107] 陳慶浩・王秋桂. 中國民間故事全集(11). 臺北: 遠流出版社, 1989.

[108] 陳慶浩・王秋桂. 中國民間故事全集(32). 臺北: 遠流出版社, 1989.

[109] 陳慶浩・王秋桂. 中國民間故事全集(39). 臺北: 遠流出版社, 1989.

[110] 陳慶浩・王秋桂. 中國民間故事全集(5). 臺北: 遠流出版社, 1989.

[111] 崔一. "龜兎型"故事在朝鮮的流變. 朝漢民间故事比较研究. 沈阳: 遼寧民族出版社, 2001.

[112] 大古等. 印度. 南昌: 中華正氣出版社, 1943.

[113] 丁乃通. 中國民間故事類型索引. 鄭建成等譯. 北京: 中國民間文藝出版社, 1986.

[114] 穀子元·龍海淸. 中國民間故事集成·湖南卷. 北京:中國ISBN中心, 2002.

[115] 顾之京. 历代百字美文萃珍. 天津: 天津古籍出版社, 1996.

[116] 郭偉庚·金煦·唐雨奇. 中國歌謠集成·江蘇卷. 北京: 中國ISBN中心, 1998.

[117] 郝勇. 中国古代哲理故事大观. 北京: 海潮出版社, 2005.

[118] 何紅一. 人日節與"鼠嫁女". 民俗研究, 2000(3).

[119] 黄善子. 『五卷书』与中朝日民间故事比较研究. 延边大学硕士学位论文, 2008.

[120] 季羡林. 五卷書. 北京: 人民文學出版社, 1959.

[121] 季羡林. "貓名"寓言的演變. 比較文學與民間文學. 北京:

北京大學出版社, 1991.

[122] 贾芝. 中國新文藝大系:1949—1966(民間文學集 下卷). 北京: 中国文联出版公司, 1991.

[123] 賈慧萱. 中日民俗的異同和交流. 北京: 北京大學出版社, 1993.

[124] 建陽縣民間文學集成編委會. 中國民間故事集成·福建卷(建陽縣分卷). 建陽縣民間文學集成編委會, 1991.

[125] 江帆. 意趣多端鼠嫁女:"老鼠嫁女"故事解析. 中國民間故事類型研究. 武汉: 華中師範大學出版社, 2002.

[126] 江玉祥. 老鼠嫁女:從印度到中國—沿西南絲綢之路進行的文化交流事例之一. 四川文物, 2007.

[127] 金东勋. 朝漢民间故事比较研究. 沈陽: 遼寧民族出版社, 2001.

[128] 金日山. 老鼠嫁女故事研究. 延邊大學碩士学位論文, 2005.

[129] 孔凡仲·哈爾宜. 中國民間故事集成·安徽卷. 臺北: 遠流出版社, 2008.

[130] 李頻. 也談『五卷書』的連串插入式的藝術特點. 青海民族

學院學報(社會科學版), 1998(3).

[131] 李官福. 佛經故事對朝鮮古代敘事文學的影響研究:以高麗大藏經爲中心. 延邊大學博士学位論文, 2003.

[132] 李文輝. 關聯視角下的綿竹年畫故事"老鼠嫁女". 青年文學, 2010(16).

[133] 李文輝・謝濤. 綿竹年畫"老鼠嫁女"中的老鼠形象認知. 作家雜志, 2011(4).

[134] 李遵義. 十二月世界精品民間故事(下冊). 長春: 吉林人民出版社, 1995.

[135] 刘仙钰. 中國民間故事集成・四川卷(逐寧市卷). 北京: 文化藝術出版社, 1990.

[136] 劉守華. 比較故事學論考. 哈爾濱: 黑龍江人民出版社, 2003.

[137] 呂慶庚・鄧澤民. 中國民間故事集成・湖北卷. 臺北:遠流出版社, 1999.

[138] 馬昌儀. 中國鼠婚故事類型研究. 民俗研究, 1997.

[139] 馬昌儀. 吳地鼠婚俗信與藝術. 民間文學論壇, 1997(4).

[140] 馬昌義. 生肖文化:鼠咬天開. 西安: 陝西人民出版社, 2007.

[141] 馬亞中・吳小平. 中國寓言大辭典. 南京: 江蘇文藝出版社, 1997.

[142] 毛宗. 十二生肖的來歷. 杭州: 西泠出版社, 1999.

[143] 孟慶華・陳子謙. 古風・異俗・趣事:來曆傳說三百則. 濟南:山東人民出版社, 1996.

[144] 鄂西土家族自治州民族事務委員会等主編. 鄂西民間故事集. 北京: 中國民間文藝出版社, 1989.

[145] 祁連休・肖莉. 中國傳說故事大辭典. 北京: 中國文聯出版公司, 1991.

[146] 尚仲豪. 佤族民間故事選. 上海:上海文藝出版社, 1989.

[147] 施愛東. 老鼠嫁女的奧秘. 晚報文萃, 2009(3).

[148] 宋孟寅・浪波. 中國民間故事集成・河北卷. 北京: 中國ISBN中心, 2003.

[149] 宋兆麟. 滅鼠, 還是求子:老鼠嫁女年畫剖析. 西北民族研究, 2007(55).

[150] 孫發成. "老鼠嫁女"年畫的意義解讀. 北京理工大學學報(社會科學版), 2008, 10(3).

[151] 田兵・潘廷映・張人位. 中國民間故事集成・貴州卷. 北京: 中國ISBN中心, 2003.

[152] 汪田明・楊丹. 灘頭年畫"老鼠娶親"的民俗意識. 株洲工學院學報, 2006, 20(3).

[153] 王丹. 湖北西部"老鼠嫁女"故事研究. 中南民族大學學報(人文社會科學版), 2008, 28(3).

[154] 王家楊・季沉. 中國民間故事集成・浙江卷. 北京: 中國ISBN中心, 1997.

[155] 魏敏. 中原餃俗及文化心理描述. 麥黍文化研究論文集. 蘭州: 甘肅人民出版社, 1993.

[156] 烏丙安・江帆. 中國民間故事集成・遼寧卷. 北京: 中國ISBN中心, 1994.

[157] 襄阳县文化馆. 襄陽民間故事. 襄陽: 湖北襄陽縣文化館, 1983.

[158] 杨香保・顾建中. 中国民间文学集成・張家口市故事卷.

北京:中國民間文藝出版社, 1989.

[159] 銀帆 编. 哈薩克民族故事選. 上海:上海文藝出版社, 1986.

[160] 於平. 鼠年的禮物. 濟南: 明天出版社, 1995.

[161] 張增林. 邯鄲地區故事卷. 北京: 中國民間文藝出版社, 1989.

[162] 鄭先興. 論漢代民間的書信仰:兼談"老鼠嫁女"的原型及其旨趣. 寧夏師範學院學報, 2011, 32(2).

[163] 中國民間故事集成浙江卷編委會. 中國民間故事集成·浙江卷. 北京:中國ISBN中心, 1997.

[164] 中國民間故事集成四川卷编委会. 中國民間故事集成·四川卷. 北京: 中國SBN中心, 1998.

[165] 中國民間故事集成西藏卷编委会. 中國民間故事集成·西藏卷. 北京: 中國ISBN中心, 2001.

[166] 鍾敬文. 鍾敬文自选集. 北京: 首都師範大學出版社, 2008.

[167] 鍾敬文. 鍾敬文文集·民間文藝學卷. 合肥：安徽教育出

版社, 2002.

[168] 中國民間故事集成黑龙江卷编委会. 中國民間故事集成·黑龍江卷. 北京:中國ISBN中心, 2005.

[169] 周北川·熊和平. 鄂西故事『老鼠子嫁姑娘』的文化內涵. 湖北民族學院學報, 1997(2).

[170] 朱婧薇. 中国鼠婚故事研究90年. 民俗研究, 2019(2).

부록 1

1. 한국 '쥐 혼인' 설화의 대표 예화 자료

각편 1

옛날에 두더지 한 마리가 딸을 낳았는데 예뻤다. 천하에 둘도 없이 예쁘다고 생각하고 해에게 구혼하였다. 해가 달에게 양보하면서 "나는 낮에는 밝으나 밤에는 빛을 내지 못하니 밤을 밝히는 달보다 못하다."라고 하였다. 이에 달에게 구혼하니 "내가 어두운 밤을 밝힐 수는 있으나, 검은 구름이 나를 가리면 컴컴하여 광채가 없어지니 강한 구름보다 못하다."라고 하였다. 이에 구름에게 가서 약혼하려 하니 구름이 무심하게 말하기를 "내가 온 하늘을 가리어 해·달·별로 하여금

빛을 내지 못하게 할 수는 있으나 바람이 한쪽에서 일어나면 만리 밖으로 날려 가서 의지하여 머물 곳이 없으니 힘 있는 바람만 못하다."라고 하였다. 바람에게 가서 약혼하려 하니 바람이 화를 내며 고함쳐 말하기를 "내가 구름을 날아가게 하고 바닷물을 일렁이게 하며, 나무를 꺾고 모래를 날리나, 돌부처는 뚫을 수 없으니 돌부처가 나보다 낫다."라고 하였다. 곧 돌부처에게 매파를 보내니 부처가 마음을 움직이지 않고 말하기를 "내가 땅 위에 자리 잡고 앉아서 오랜 세월을 지내왔으나 너희들이 땅을 파서 내가 앉아 있는 한쪽을 무너뜨리면 넘어질 수밖에 없으니 네가 나보다 낫다."라고 하였다. 그래서 끝내 두더지와 결혼하였다고 한다.

이 때문에 세상에서는 딸을 낳아 혼처를 구함에 지나치게 욕심을 내다가 끝내는 처지가 서로 비슷한 곳으로 시집보내는 경우가 있으면 이를 두고 '두더지의 혼인'이라고 한다.[135]

---

[135] 高尙顔, 『效矉雜記』, 金南馨 역, 대구:계명대학교 출판부, 2007:115-116.

각편 2

『어우야담』의 '쥐 혼인' 설화

예로부터 국혼으로 인해 화가 미친 일은 이루 다 기록할 수가 없다. 이는 두더지가 자기 무리와 혼인하는 것보다 못한 일이다. 무슨 말인가?

옛적에 한 두더지가 새끼를 낳아 매우 아꼈는데, 장차 혼처를 구하고자 하였다. 아비 두더지는 어미 두더지와 상의하여 말했다.

"내가 이 아들을 낳아 사랑하고 중히 여긴 것이 이와 같으니, 반드시 둘도 없는 귀한 족속을 택하여 혼인을 시켜야겠소."

그래서 하늘에게 말했다.

"내가 아들 하나를 낳아 애지중지 키웠으니 반드시 둘도 없는 귀한 족속과 혼인시켜야겠는데, 생각해 보니 둘도 없는 귀한 족속은 하늘만 한 것이 없습니다. 당신과 혼인하기를 청합니다."

하늘이 말했다.

"나는 능히 대지를 덮어 감싸며 만물을 낳고 모든 생물을 자라게 할 수 있으니, 나보다 더 나은 것은 없다. 그렇지만 오직 구름만이 능히 나를 가릴 수 있으니, 내가 구름만 못하다."

두더지는 구름에게 가서 말했다.

"내가 아들 하나를 낳아 애지중지 키웠으니 반드시 둘도 없는 귀한 족속과 혼인시켜야겠는데, 생각해 보니 둘도 없는 귀한 족속은 당신만 한 이가 없습니다. 당신과 혼인하기를 청합니다."

구름이 말했다.

"나는 능히 천지에 가득차 있으며 해와 달을 덮어 가리어 산하를 어둡게 하고 만물을 컴컴하게 할 수 있다. 그렇지만 오직 바람만이 능히 나를 흩어 버릴 수 있으니, 내가 바람만 못하다."

두더지는 바람에게 가서 말했다.

"내가 아들 하나를 낳아 애지중지 키웠으니 반드시 둘도 없는 귀한 족속과 혼인시켜야겠는데, 생각해 보니 둘도 없는 귀한 족속은 당신만 한 이가 없습니다. 당신과 혼인하기를 청합니다."

바람이 말했다.

"나는 능히 큰 나무를 꺾고 큰 집을 날릴 수 있으며 산과 바다를 마구 흔들어대며 가는 곳마다 휩쓸어 황폐하게 만들 수 있다. 그렇지만 오직 과천 교외의 돌미륵만은 쓰러뜨릴 수 없으니, 내가 과천의 돌미륵만 못하다."

두더지는 과천 돌미륵에게 가서 말했다.

"내가 아들 하나를 낳아 애지중지 키웠으니 반드시 둘도 없는 귀한 족속과 혼인시켜야겠는데, 생각해 보니 둘도 없는 귀한 족속은 당신만 한 이가 없습니다. 당신과 혼인하기를 청합니다."

돌미륵이 말했다.

"나는 능히 들판 가운데 우뚝 서서 천백 년이 지나도 꿋꿋이 뽑히지 않을 수 있다. 그렇지만 두더지가 내 발밑의 흙을 파내면 나는 엎어지게 되니, 내가 두더지만 못하다."

이에 두더지는 매우 놀라 자신을 되돌아보며 탄식하였다.

"천하에 둘도 없는 귀한 족속으로 우리 족속만 한 것이 없구나."

그리고 드디어 두더지와 혼인시켰다.

대저 사람으로 분수를 알지 못하고 감히 국혼을 하여 사치스러움을 마음껏 누리려 하다가 끝내 재앙이 미치게 되었으니 두더지만도 못한 것이리라.136)

각편 3

두더지가 그 자식을 위해 높은 혼처를 택하고자 했는데, 처음에는 오직 하늘이 가장 높다 해서 하늘에게 혼처를 구했다.137) 그러나 하늘은 대답하기를 "내가 비록 온 세상 물건을 총괄하고 있기는 하지만 해와 달이 아니면 나의 덕을 드

---

136) 신익철 등 역, 『어우야담』, 파주:돌베개, 2006.(원 번역문에서 "대저 사람으로 분수를 알지 못하고 감히 국혼을 하여 사치스러움을 마음껏 누리려 하다가 끝내 남에게 재앙이 미치게 하는 자는 바로 두더지만도 못한 것이리라."로 되어 있다.)
137) 『旬五志』, 李民樹 역, 서울:乙酉文化社, 1971.(원 번역문에서 "두더지 한마리가 새끼를 칠 때가 되어 혼인을 하고 싶은데 한번 제일 높은 데 거처하는 자와 혼인을 하고 싶은 생각이 들었다. 처음 생각을 할 적에 가장 높은 것은 하늘이라 하여 하늘에 청혼을 해보았다."로 되어 있다.)

러낼 수가 없은즉 해와 달에게 의논해서 하라."라고 했다. 이에 두더지는 다시 해와 달을 찾아서 혼인을 구했다. 그러나 해와 달은 말하기를 "내 비록 넓게 비추고 있기는 하나 구름이 덮고 있은즉 사실은 구름이 나보다 높으니 구름과 의논해 보라."라고 했다. 두더지는 다시 또 구름을 찾아 청혼해 보았다. 구름은 대답하기를 "내가 비록 해와 달의 빛을 덮어 비추지 못하게는 하지만 바람이 불면 모두 흩어지고 마니 사실은 바람이 나보다 더 높은 것이다."라고 했다. 두더지는 다시 바람을 찾아 혼인을 구했다. 바람은 대답하기를 "내 비록 구름은 능히 헤칠 수 있지만, 저 밭 가운데 서 있는 돌부처는 자빠뜨릴 수가 없으니 따지고 보면 돌부처가 나보다 더 높은 것이다."라고 했다. 두더지는 하는 수 없이 돌부처에게 가서 청혼해 보았다. 돌부처는 대답하기를 "내 비록 바람은 조금도 두려울 것이 없으나, 오직 두더지가 내 발밑을 뚫고 들어오면 자빠지는 것을 면할 수가 없으니 사실은 두더지가 나보다 더 높은 것이다."라고 했다. 이 말을 듣자 두더지는 거만하게 앉아서 잘난 체했다. "천하에서 제일 높은 자는 나다.

나보다 더 높은 놈이 있거든 나와 봐라." 하면서 그 짧은 꼬리와 날카로운 입부리가 자신의 가장 존귀한 모습이라 하고, 드디어 두더지끼리 혼인을 했다는 이야기다. 이것은 처음에는 가장 높은 일을 구하다가 필경엔 같은 동류에게로 돌아간다는 것을 비유해서 쓰는 말이다.138)

각편 4

『백일집』의 「鼢鼠說」

민간에 이런 이야기가 있다. 두더지는 땅을 파가지고 그 속에서 다녔다. 그는 자기보다 나은 상대와 결혼하려고 하였다. 하늘은 땅보다 높다 하니 자기보다 능력이 있다고 생각하여, 하늘에게 가서 혼인을 청하였다. 하늘은 사양하기를, "물론 나는 땅보다 높아서 땅을 이길 수가 있지만 구름보다는 못하다. 나는 비록 높지만 구름이 와서 나를 가리면 천하에 구름만 보이고 나는 보이지 않을 것이다. 그리하여 구름은 나보

---

138) 『旬五志』, 李民樹 譯, 서울:乙酉文化社, 1971.

다 나은 것이다. 당신보다 나은 대상과 결혼하려면, 어찌 구름에게 가서 혼인을 구하지 않는가?" 하늘의 말을 들은 두더지는 바로 구름에게 가서 청혼을 하였다. 구름은 사양하기를, "나는 하늘보다 나은 존재이지만, 바람보다는 못하다. 나는 하늘을 가릴 수 있지만, 바람이 와서 나를 불면 나는 그를 피해야 한다. 바람이 동쪽에서 오면 나는 서쪽으로 피하고, 바람이 서쪽에서 오면 나는 동쪽으로 피하고, 남북쪽도 그렇다. 만약에 바람이 동서남북에서 같이 오면, 나는 그를 피할 바가 없어서 사방으로 흩어질 것이다. 나의 흔적조차도 사라져 버릴 것이다. 그리하여 바람이 나보다 나은 것이다. 어찌 그에게 가서 구하지 않는가?" 구름의 말을 들은 두더지가 바로 바람에게 가서 혼인을 청하였다. 바람이 사양하여 말하기를, "나는 구름을 이길 수는 있지만 석불만 못하다. 내가 화를 내서 일어나면 큰 나무가 흔들리고 바다물이 뒤집힌다. 내가 이렇게 했을 때, 천하에 벌벌 떨지 않는 자가 없었다. 하지만 석불만은 움직이지 않는다. 내가 빨리 가면 천하의 물들은 모두 빠르게 움직이고, 내가 천천히 가면 천하의 물들도 모두 천천히 움직이지만, 석불만은 빠르게 가도 천천히 가도 움직이지 않는다. 그리하여 석불은 나보다 낫다. 어찌 석불에게 가서 구혼하지 않는가?" 석불의 말을 들은 두더지는 바로 석불에게 가서 혼인을 청하였다. 석불이 사양하여 말하기를, "바람의 말도 맞지만 나를 이길 수 있는 자가 있다. 나는 무사하게 여기에 앉아 있고, 바람이 불어도 움직이지 않고, 비가 와도 무사하지만, 내가 유독 두려운 것은 두더지가 내 밑을 파내는 것이다. 오늘도 내 밑을 파내고 내일도 내 밑을 파내면, 나는 언젠가 갑자기 기울 것이다. 그리하여 두더지가 나보다 나은 존재이다." 그리하여 두더지는 천하에 자기보다 나은 자가 없다는 것을 알고, 바로 돌아와 그의 동족과 혼인을 하였다.

나는 어릴 때부터 글짓기를 배웠는데 천하에 글짓기보다 더 나은 것이 없다고 여겼다. 그런데 생각해 보니 성인이 없으면 문장이 나올 수가 없어서, 천하에는 성인보다 더 높은 존재가 없었다. 그래서 더 이상 글짓기를 배우지 않고 성인의 도를 배웠다. 또 생각하기를, 성인은 자기의 몸을 수고롭게 하고 자기의 마음을 초조하게 해서 도를 닦을 수 있다고 하였다. 도가 이루어졌는데 생을 마칠 때까지 등용된 바가 없었다. 중니(仲尼)는 노나라를 강하게 만들 수가 없었고, 자여(子輿)는 추나라를 크게 할 수가 없었다. 누가 말했는가? 성인이 되어가지고서 자기 부모의 나라도 구하지 못하는데 하물며 남을 구했으랴? 후세는 더 말할 것도 없다. 생각해 보니 천하에 공을 세워 후세에 이름을 남기는 것보다 더 좋은 일이 없었다. 마당이 매년 자기의 기술을 행해 후세에 그 이름이 일컬어지는 것만 같지 못하였다. 그래서 바로 성인의 도를 버리고 공득을 세우는 일로 배움을 삼았다. 또 말하기를 사공을 배웠는데 어찌 남에게 베풀 수가 있겠는가? 생각해 보니 천하에 과거보다 더 어려운 것이 없었다. 그래서 학문으로 삼았던 사공을 포기하고 과거를 공부하였다. 과거를 이루었는데 마침내 행할 것이 없었다. 굶주렸는데도 먹을 것이 없었고, 추웠는데도 입을 것이 없었다. 생각해 보니 과거라는 것도 실속이 없는 것이었다. 이에 진실로 만족할 수가 없었다. 소문에 들으니 농사를 짓는 자가 있고, 누에를 치는 자가 있다고 하였다. 이 두가지는 천하의 근본이다. 추울 때는 이것으로 말미암아 옷을 입고, 굶주리면 이것으로 말미암아 밥을 먹는다. 천하에 농사와 누에를 치는 것보다 요긴한 것이 없었다. 마침내 얻었던 바를 버리고 떠나서, 들로 가서 농사와 누에치기를 배웠다. 3년을 했지만 농사가 여물지 않고 누에가 자라지 않았다. 결국 얻은 바가 없었다. 다만 수고로울 뿐이다. 생각해 보니 고인은 글짓기라는 것은 혀로 농사를 짓는 것이고 입으로 길쌈을 하는 것이라고 하였다. 굶주리면 음식이 될 수 있고, 추우면 옷이 될 수가 있다. 슬픈 자를 즐겁게 할 수 있고 성낸 자를 기쁘게 할 수 있다. 어두운 곳에서 귀신과 통하게 할 수 있고 밝은 곳에서는 족히 해와 달과 짝하게 할 수가 있다. 사공은 글이 아니면 전해지지 않으며 과거도 글이 아니면 달성할 수 없다. 또 성인의 도도 글이 아니면 선포되지 않으니, 천하에 글짓기보다 더 높은 것은 없다. 마침내 마음을 돌려 다시 글짓기를 하게 되었다. 대범 성인은 오히려 하늘과 같은데, 하늘은 진실로 더 위로 올라갈 수가 없다. 사공은 후세에게 드리우고 과거는 지금에 있어서 빛난다. 또한 구름이 눈에 지나가는 것과 바람이 귀에 지나가는 것과 무엇이 다른가? 농사와 누에를 치는 것은 하늘을 기다리는 일이고, 죽을 때까지 애를 쓰고, 하는 일은 많은데 이룬 것은 적다. 마치 석불을 밀어도 움직이지 않은 것과 같다. 다만 스스로 수고로울 따름이다. 내가 글짓기를 하는 것은 마치 두더지가 땅을 파 가지고 그 속에서 다니는 것과 같다. 비록 작은 재주여서 배우는 데 부족할지라도, 그 이치가 깊고 오묘하여 스스로 묘리에 정진하지 않으면 애써 배워도 되지 않는다. 두더지가 땅을 파 가지고 그 속에서 행하는 것은 다른 쥐가 못하는 일이다. 자기 천성으로 좋아하지 않으면 즐겨 가지고 그것을 행할 수가 없다. 그 일로서 서로 같은 것이라서 기재한 것이다.

각편 6

『夢遊野談』의 '쥐 혼인' 설화

　민간에 이런 이야기가 있다. 두더지는 자기보다 나은 사윗감을 얻고 싶었다. 하늘에게 청혼을 하였지만 하늘은 "나는 비록 높지만, 해가 없으면 밝게 할 수 없다. 해는 나보다 낫다."라고 하였다. 그래서 해에게 청혼을 하였다. 해는 "나는 비록 밝게 할 수 있는데, 구름이 나를 가리면 어두워질 수밖에 없다. 구름은 나보다 낫다."라고 하였다. 구름에게 청혼을 하였지만, 구름은 "나는 비록 해를 가릴 수 있지만, 바람이 나를 불면 나는 흩어질 것이다. 바람은 나보다 낫다."라고 하였다. 바람에게 청혼을 하였지만, 바람은 "나는 비록 구름을 헤칠 수도 있고 나무 집을 무너뜨릴 수도 있지만, 산 앞에 있는 석불은 흔들어도 꿈쩍도 하지 않는다. 석불은 나보다 낫다."라고 하였다. 석불에게 청혼을 하였지만, 석불은 "나는 무서운 것이 없는데, 오직 두더지가 내 발밑을 뚫고 들어오면 자빠지는 것을 면할 수가 없으니 두더지가 나보다 더 낫다."라고 하였다. 두더지는 기뻐하며 말하기를, "천하에서 제일 높은 자가 나다."라고 하였다. 그래서 두더지와 혼인을 하였다. 이것은 비록 실없이 하는 말이지만, 충분히 놀랄 만하다. 대범 혼취(婚娶)하는 것은 혼인할 남녀의 두 집안이 걸맞는 것이 중요하다. 그러면 빈부를 논하지 않고 떳떳함을 얻을 수 있다. 우리나라에 윤석(胤錫)이라는 사람이 있었다. 옛날에 승지(承旨) 이흥종(李興宗)의 손자이다. 높은 벼슬을 가진 혁혁한 명문대가이다. 하지만 그는 부를 위하여 전무현이라는 군인의 사위가 되었다. 전 씨는 대대로 무가의 집안이었고, 성도 드문 성이었다. 윤석의 본색을 이미 잃어버렸다. 친지 중에 어떤 사람이 시를 지어 그를 조롱하였다. 그대가 전 씨 집안을 취하는 것은 그 집안의 밭 때문이다. 전가는 몇 경의 밭을 떼어 주겠는가. 밭은 비록 신실하고 아름답지만, 네 땅이 아니다. 마음의 밭을 잃지 말아야 진짜 복전이다. 세상 사람들이 이것을 명언으로 하였다.

각편 7

『기관(奇觀)』의 「老鼠擇婿」

옛날 우(禹)임금이 산으로 다니던 시절, 백익(伯益)은 우임금을 도와 물을 다스리고 중국 전역을 누비면서 이상한 이야기를 자세히 기록하여 『산해경(山海經)』을 지었다. 그중에 다음과 같은 내용이 있다.

옹주(雍主) 지방에 큰 명산이 하나 있으니 조서산(鳥鼠山)이라고 한다. 산중에는 두더지, 부엉이가 있는데 함께 신통력을 얻어 변화가 무궁하다. 그들이 교접하여 낳은 것이 모두 박쥐들이다. 그래서 산이 이로 말미암아 그런 이름을 얻었다.

형주(荊州) 남쪽에 8천 년 된 대춘(大椿) 나무 아래 한 늙은 쥐가 살았으니 그 나무와 동갑이었다. 이 늙은 쥐는 오래 살아 신통력이 있었다. 하늘에 오르고 땅에 들어가고 바람을 타고 우레를 몰고 다닐 수 있었다. 자칭 만물의 영장이어서 자기만 한 것이 없다고 자부했다.

동해에 큰 구멍이 있으니 '미려(尾閭)'라고 불렀다. 세상의 모든 물이 중국에는 동해를 향해 가지만 미려로 흘러들어가 없어진다. 만약 미려가 없다면 하늘 아래 모든 물이 필시 잠겨 버릴 염려가 있을 것이다. 이 미려는 바로 그 늙은 쥐가 파 놓은 것이다.

늙은 쥐에게는 재모가 출중한 딸 하나가 있었다. 새 사위를 고르려 하는데 반드시 자기보다 나은 혼처를 구하려고 하여 계획을 세우고 매양 생각에 잠겼다.

"벌거벗은 짐승 360종 중에 사람이 으뜸이요, 비늘 달린 짐승 360종 중에 용이 으뜸이요, 날개 달린 짐승 360종 중에 봉황이 으뜸이요, 털 달린 짐승 360종 중에 기린이 으뜸이요, 껍질 있는 짐승 360종 중에 거북이 으뜸이나 모두 나만 못하지!"

밤낮으로 생각하고 헤아렸지만 끝내 자기보다 나은 것이 없었다. 고민하고 걱정하다가 문득 좋은 생각이 떠올랐다. 하늘나라 궁전에 올라가 옥황상제를 알현하고 다음과 같이 아뢰자는 것이었다.

"저에게 딸자식이 하나 있사온데 제 처지보다 나은 곳에서 사윗감을 택하려 합니다만, 다섯 짐승에 속한 도합 일만 팔천의 무리 중에 뜻에 맞는 자가 하나도 없습니다. 엎드려 바라옵건대 폐하께서 받아들여 후궁으로 삼아 주십시오!"

그렇게 했더니 옥황상제는 그 꼴이 미워서 내치려했지만 그놈 마음을 다칠까 봐 염려하여 좋게 하교를 내렸다.

"하늘 문이 비록 높지만 짐보다 나은 자가 있도다. 자네는 모르는가?"

늙은 쥐가 말했다.

"신은 무지몽매하니 하교만 내려 주십시오."

옥황상제가 말했다.

"짙은 구름이 끼면 천문(天文)을 알기 어려운 법이니라. 짐이 구름만 못하고 구름이 짐보다 낫도다. 자네는 구름 장군에게서 사윗감을 구해 보는 것이 어떻겠는가?"

구름 장군도 그가 미웠으나 기분을 건드려 화를 낼까 봐 이렇게 말했다.

"뜬구름이 하늘을 가리면 해와 달도 빛을 잃으니 실로 나의 능력이다. 그러나 만약 큰 바람이 서북쪽에서 불어와 휑

하니 쓸고 가면 조각구름도 자취를 남기지 못하니 나는 바람보다 못하다. 그대는 바람 대감에게서 사윗감을 구해 보라!"

늙은 쥐는 바람 대감에게 가서 간청하여 말했다.

"변변치 못한 딸년이 비록 노둔하지만 군자와 짝할 만합니다. 집안일 건사하는 안주인으로 삼아 주시길 바랍니다!"

바람 대감은 이 말을 듣고 혼자 생각하기를,

"쥐가 아름답다 손치더라도 어찌 짝으로 삼을 수 있으리오?" 하고 곧 말을 했다.

"나의 세력은 맹렬하다 할 만하다. 그렇기에 한무제(漢武帝)「대풍사(大風辭)」에도 실려 있고 진시황을 암살하려 했던 형가(荊軻)의 「역수가(易水歌)」에도 들어 있다. 도리가 지켜지고 치세를 이루는 성인의 시대에는 바다도 파도를 일으키지 않고, 무도하고 난세의 조짐이 있는 용렬한 시대에는 배도 통하지 않는다. 변방 오랑캐가 조공을 하러 올지, 궁궐을 짓느라 벌거숭이 민둥산으로 만들지는 나의 거취에서 나타난다. 자고로 영웅호걸(英雄豪傑)과 소인묵객(騷人墨客)이 나를 읊지 않은 자 없지만, 때로는 울부짖고 화를 내어 살벌한 상채기를 내면 나무를 부러뜨리고 가옥을 뒤집으며 모래를 날리고 돌을 굴린다. 연(燕)나라 사람이 바람 때문에 맥을 못 추고 초(楚)나라 병사들이 눈코를 뜨지 못했으니 누가 능히 나의 위세를 당해내겠는가? 그렇지만 끝내 요동치 않는 자는 은진(恩津)미륵불이다. 자네가 한번 구혼해 보는 것이 어떻겠는가?"

늙은 쥐는 즉시 찾아가 구혼을 했다. 미륵은 이처럼 대답했다.

"내 무게가 만 근 가량 되니 세상의 무거운 물건에 나만 한 게 없다. 바람 대감의 기세가 비록 바닷물을 말아 올려 언덕을 밀고 바위를 굴려도 나의 터럭 하나 감히 움직이지 못하니 나야말로 엄중하다 할 만하다. 그런데 생각해 보면 마음에 근심되는 게 있긴 있다! 만약 두더지가 내 발밑의 땅을 판다면 나는 필시 거꾸러질 것이다. 어찌 마음에 근심이 되지 않겠는가? 두더지가 반드시 나를 이길 것이니 두더지에게 구해야만 좋을 것이다!"

늙은 쥐는 듣기를 마친 후 혼자 생각했다.

"끼리끼리 노는 것이 떳떳한 이치이다. 조서산으로 가서 두더지를 찾아가 청하는 것이 더 낫겠다."

늙은 쥐는 이에 곧 떠나갔다.

무릇 자기 분수를 넘어 일을 도모하는 자가 자기 본분으로 돌아오면 세속에서 '두더지 혼인'이라 부른다.139)

각편 13

『韓國口碑文學大系(1-7)』의「쥐의 혼인」

내 쥐얘기 하나 할게. 쥐가 인제 딸을 천하일색으로 낳았단 말야. 이렇게 천하일색으로 낳은 딸을 아무 데로나 보낼 수 없다구 높은 데로 보내야겠다구. [조사자: 쥐가?] 에미가 높은 데루 보내야겠다구. 인제 하늘에 가서,

"해님! 해님!"

불렀거든.

"왜 그러느냐?"

그러니깐,

"우리 딸이 천하일색인데 해님한테 시집을 보내야겠다."

---

139) 윤주필,『한국 우언산문 선집』, 서울:박이정, 2008:254-257.

해가 하는 말이,

"나보다 더 높은 데가 있다."고.

"더 높긴 누가 더 높으냐?"

고 그러니깐,

"구름이 더 높다."

고 그러거든.

"구름이 날 덮으면 난 뵈지 않는다."

고 그러니깐 구름이 더 높다구.

"구름님! 구름님!"

또 가서 불렀지.

"왜 그러느냐?"

그러니깐,

"우리 딸이 천하일색인데 구름님한테로 시집을 보내야겠다."고.

"나보단 더 높은 데가 있다."

고 또 그러거든.

"더 높은 데가 어디냐?"

고 그러니깐,

"바람이야."

그러거든. 바람이 냅다 불면 구름이 달아나거든. 바람한테로 갔어.

"바람님! 바람님!"

불러서,

"왜 그러느냐?"

그러니깐,

"우리 딸이 천하일색으로 하나 낳은 게 있는데 아무 데로나 보낼 수 없어서 높은 데로 보내려고 그런다."

고 그러니깐 바람이 또 하는 말이,

"나보다 더 높은 데가 있다."고.

"더 높은 데가 어디냐?"

고 그러니깐,

"바람이 암만 세차게 불러도 이 벽이 있으면 더 가지 못한다 말야."

"벽에 가서 물어보라."

고 그러거든. 그래서 벽에 가서 물어봤지.

"자, 우리 딸이 천하일색인데 벽님한테로 시집을 보내야겠다."

"아이! 나보다 더 높은 데가 또 있다."

"더 높은 데가 어디냐?"고.

"암만 내가 이렇게 있어두 쥐가 그냥 들이파서 구멍을 뚫으면 나도 못 당한다."고.

"그러니깐 더 높지 않냐?"

고 그러니깐 나중에 할 수 없이 쥐한테로 보내져. 그래서 도루 쥐한테로 돌아왔어. [청중: 웃음]

2. 중국 '쥐 혼인' 설화의 대표 예화 자료

각편 2

『民間文學』의「老鼠嫁女」

우리나라의 민간 목판 세화(木板年畫) 중에「노서가녀(老鼠嫁女)」나「노서성친(老鼠成親)」이라는 그림이 있다. 한 무리의 쥐들이 울긋불긋한 옷을 입고 가마를 메고 있다. 가마에 소녀가 앉아 있고, 가마 앞에 기(旗)·나(鑼)·산(傘)·산(扇)을 들고 있는 쥐도 있고, 악기 나팔을 불고 있는 쥐도 있다. 봉건 사회에 있었던 결혼 의장대(仪仗队)와 매우 비슷하다. 이 그림에는 아주 흥미진진한 민간 전설이 있다.

  옛날에 법술을 아는 노인이 한 명 있었다. 어느 날, 그는 생쥐가 매에게 잡히는 것을 봤다. 노인은 생쥐의 처참한 울음소리를 들은 후에 아주 안타까워서 생쥐를 구해 주었다. 생쥐가 이 은혜를 갚으려고 노인의 딸로 노인을 모시겠다고 하였다. 그래서 노인은 법술을 써서 그 쥐를 소녀로 변신시켰다. 생쥐는 소녀로 변신된 후에 응석이 아주 심해졌고, 늘 자기를 예쁘고 똑똑하다고 여겼다. 그녀는 노인이 동작이 굼뜬 데다가 매사에 그녀를 의지해서 노인을 모시기가 싫어졌다. 그래서 딸이 노인에게 말하기를, "제가 이미 이렇게 컸으니, 시집보내 주세요!" 노인은 그 말을 듣고, "그래, 어떤 남자를 원하니? 내가 찾아 줄게."라고 말했다. 딸은 "권력 있고 세력이 있는 자여야 제가 부귀영화를 누릴 수 있죠."라고 말하며,

해를 가리켜 노인에게 "보세요. 저분보다 지위가 더 높은 자는 없겠죠."라고 했다. 이 말을 들은 후에 노인은 해에게 "해여, 내 딸을 부인으로 삼아 주시오. 그녀는 당신이 제일 존귀하다고 생각합니다."라고 말하였다. 해는 "안돼요. 저는 구름이 무서워요. 구름이 와서 저를 가리면 누구에게도 저는 보이지 않을 것이니, 구름이 가장 권세가 강합니다."라고 말하였다. 이 말을 들은 후에 노인은 딸에게 말하기를, "들었지. 해는 구름보다 못해." 딸은 "그럼 구름을 찾아가서 말해 주세요."라고 말했다. 노인은 구름을 찾아가서 "내 사위가 되어 주시오. 해도 당신을 무서워하니, 당신은 매우 고귀합니다."라고 말하였다. 구름은 말하기를, "안돼요. 바람이 불면 저는 완전히 사라지기 때문에, 바람을 찾아가는 게 더 나을 겁니다." 노인은 이 말을 듣고 딸을 데리고 바람에게 갔다. 바람은 "저도 안돼요. 저는 벽이 무서워요. 벽이 저를 막으면 제가 속수무책이기에 벽을 찾아가는 게 더 나을 겁니다."라고 말하였다. 노인은 딸과 같이 다시 벽을 찾아가서 "당신은 권세가 가장 강한 자이니, 나의 딸을 당신에게 시집보내고 싶습니다."라고 말했다. 벽은 말하기를, "저는 쥐가 무서워요. 쥐가 구멍을 뚫으면, 저는 서 있지 못합니다." 노인은 쥐가 가장 대단하다고 여기며, 딸에게 "들었지? 쥐야말로 가장 권세가 강한 자이다. 너는 쥐와 결혼해라."라고 하였다. 딸은 "쥐는 동굴에 있어요. 동굴은 그렇게 작은데, 어떻게 결혼할 수 있겠어요?"라고 물었다. 노인은 법술로 딸을 다시 쥐로 변신시켰다. 생쥐는 구멍을 보자 바로 들어갔다. 그날이 마침 음력으로 정월 25일이었다.

그래서 사람들이 그날을 쥐가 결혼하는 날이라고 부른다. 그리고 그날 밤이 되면 쥐가 무사히 결혼할 수 있도록 집집마다 불을 켜지 않는다.

각편 9

『中國民間故事集成・貴州卷』의「耗子嫁姑娘」

쥐는 자신의 딸을 능력 있는 자에게 시집보내고 싶었다. 그는 해가 능력 있다고 생각하여 해에게 찾아갔다. 해는 "저는 구름보다 못해요. 구름이 오면 제가 막히게 돼요."라고 말했다. 쥐는 다시 구름에게 찾아갔다. 구름은 "저는 바람보다 못합니다. 바람이 오면 제가 휘날리게 돼요."라고 하였다. 쥐는 다시 바람에게 찾아갔다. 바람은 "저는 벽보다 못합니다. 벽이 막으면 저는 나아갈 수가 없습니다."라고 말했다. 쥐는 바로 벽을 찾아갔다. "저는 대단하지 않아요. 쥐가 제 밑에서 구멍을 뚫으면 제가 무너질 거예요."라고 말했다. 쥐는 "역시 우리 쥐가 능력 있는 자다."라고 말했다. 그래서 쥐는 쥐와 결혼했다.

각편 14

『中國民間故事全書・河南・澠池卷』의 「老鼠嫁女」

어미쥐의 딸이 결혼할 나이가 되었다. 어미쥐가 딸을 어울리는 집안과 결혼시키려고 다람쥐에게 중매를 서 달라고 부탁하였다. 누가 어울리는 자인가? 쥐에미는 다람쥐와 의논한 후에 해의 재주가 가장 뛰어나다고 생각하였다. 해가 빛을 발하고 열을 발생할 수 있으며 세상 만물들 중 누구도 해를 떠날 수 없다고 생각했다. 그래서 다람쥐는 해에게 찾아가서 자신이 온 이유를 설명하였다. 해는 "왜 저를 선택하셨어요?"라고 물었다. 다람쥐는 "당신의 재주가 가장 뛰어나지 않습니까?"라고 대답했다. 해는 "저는 뭐 그리 대단한 것도 아닙니다. 저는 구름이 제일 무서워요. 구름이 나오면 제가 무슨 방법이 있겠습니까?"라고 하였다. 다람쥐가 생각해 보니 이치에 맞는 말이라서 구름에게 찾아가기로 하였다. 다람쥐가 구름에게 가자 구름은 "저는 바람이 제일 무서워요. 바람이 저를 흩어지게 불면 저는 아무 것도 아닙니다."라고 하였다. 다람쥐가 바람에게 갔더니 바람은 "저는 벽이 제일 무서워요. 벽이 막으면 저는 바로 약해집니다."라고 하였다. 다람쥐가 다시 벽에게 갔는데 벽은 "저는 쥐가 제일 무서워요. 쥐가 제 몸에 구멍을 뚫으면 저는 바로 무너집니다."라고 하였다. 할 수 없이 다람쥐는 제일 똑똑한 쥐에게 찾아갔다. 다람쥐가 찾아가자 쥐는 "저는 고양이가 제일 무서워요. 고양이를 보면 저는 무서워서 걷지도 못합니다."라고 하였다. 다람쥐는 다시 고양이를 찾아갔다. 고양이는 "맞아요. 저의 재주가 가장 뛰어납니다."라고 하며 흔쾌히 이 혼사에 동의하였다.

어미쥐는 딸에게 재주가 가장 뛰어난 자를 찾아 주었다고 생각하고, 시집보내는 날 딸을 매우 곱게 차려입혀 고양이의 집으로 보내 주었다. 하지만 고양이는 진작 앞니를 깨끗이 닦아, 쥐딸과 후행들이 그의 집에 도착하자마자 하나하나씩 잡아먹어 버렸다.

부록 2

세화(年畫), 「老鼠嫁女」, 清代四川綿竹

전지(剪紙), 「老鼠嫁女」, 山西浮山縣張翠萍剪

전지(剪紙), 「老鼠娶親」, 山西新絳縣吳鳳蓮剪

부록 2 277

전지(剪紙), 「老鼠嫁女」, 民間佚名

책임편집: 박범길
책임교정: 계 향
표지설계: 리 봉
출판발행: 민족출판사
주　　소: 북경시 화평리북가 14호 우편번호: 100013
홈 페 지: http://www.mzpub.com
인　　쇄: 북경중석유채색인쇄유한책임회사
판　　매: 각지 신화서점
출판회수: 2024년 7월 제1판　2024년 7월 북경 제1차 인쇄
절　　지: 880mm×1230mm　1/32　자수: 210천자
전　　지: 9
　　　값: 42.00원
ISBN 978-7-105-17295-5/I · 3295(조364)

잘못된 책은 바꾸어드립니다.
편집실전화: 010-58130534 발행부전화: 010-64224782

图书在版编目（CIP）数据

中韩"老鼠嫁女"民间故事比较研究：朝鲜文 / 孟祥艳著. -- 北京：民族出版社，2024.8. -- ISBN 978-7-105-17295-5

Ⅰ．I207.7；I312.607.7

中国国家版本馆CIP数据核字第2024908LJ5号

责任编辑：朴范吉
责任校对：桂　香
封面设计：李　峰
出版发行：民族出版社
地　　址：北京市和平里北街14号　邮编：100013
网　　址：http://www.mzpub.com
印　　刷：北京中石油彩色印刷有限责任公司
经　　销：各地新华书店
版　　次：2024年7月第1版　2024年7月北京第1次印刷
开　　本：880毫米×1230毫米　1/32　字数：210千字
印　　张：9
定　　价：42.00元
ISBN 978-7-105-17295-5/I・3295(朝364)

该书若有印装质量问题,请与本社发行部联系退换。
朝文室电话:010-58130534　发行部电话:010-64224782